Jürgen Kehrer

Killer nach Leipzig

Kriminalroman

grafit

Der Autor:

Jürgen Kehrer wurde 1956 geboren und später Diplompädagoge. Als Journalist ist er dem Leben seit elf Jahren auf der Spur, als langjähriger Kenner der guten und weniger guten Gesellschaft der Bischofsstadt Münster mußte er fast zwangsläufig Krimiautor werden.

In seinen ersten drei Krimis jagt der von Neurodermitis geplagte Privatdetektiv Georg Wilsberg zwielichte Gestalten in Münster und anderswo (*»Und die Toten läßt man ruhen«*, *»In alter Freundschaft«* und *»Gottesgemüse«*, alle GRAFIT Verlag).

Mit dem vorliegenden vierten Krimi wechselt Jürgen Kehrer die Fronten und widmet sich den Verbrechen mal von einer anderen Seite…

»Du hattest keine Ahnung, aber du hättest in jedem Fall das Falsche getan.«

Mickey Spillane

I

Das Taxi fuhr über die Piazza Barbarani und bog in die Via Regaste Zeno ein. Als es anhielt, kletterte eine junge Frau heraus. Ihr weißes Kleid flatterte, als sie über die Pfützen sprang, zwei Taschen in der Hand und einen Kleidersack über die Schulter geworfen. Sie eilte zum nächsten Hauseingang, fand aber offensichtlich nicht das gewünschte Namensschild, denn nach einem mißmutigen Blick zum grauen Himmel, aus dem es sanft, aber stetig tröpfelte, hüpfte sie weiter zum nebenstehenden Haus.

Mario Lubitsch stand auf der steinernen Brücke, die das Castelvecchio mit dem anderen Ufer der Etsch verband, und behielt die Frau im Auge. Sie hatte die richtige Klingel gefunden, und nach zwei endlosen Minuten im Regen wurde ihr geöffnet. Lubitsch wischte sich den Regen von der Stirn und beobachtete weiter den Hauseingang, in dem die Frau verschwunden war. Er lehnte neben einer schießschartengroßen Lücke in der Brükkenbefestigung, wie ein Tourist, der beim Betrachten der zum reißenden Fluß angewachsenen Etsch seinen Gedanken nachhing. Der Regen störte ihn nicht. Im Gegenteil. Der Dauerregen an diesem Apriltag hielt die meisten Touristen davon ab, sich aus den Museen und Bars auf die Straße zu wagen. So hatte Lubitsch die Brücke für sich allein und mußte sich nicht lästigen Blicken aussetzen.

Er wartete weitere fünf Minuten, dann öffnete sich die Haustür erneut. Heraus trat ein kleiner dicker Mann mit großer Hornbrille und etwas zu langen Haaren, die sich auf dem Hemdkragen kringelten. Der Mann blinzelte nach links und nach rechts, als wolle er vermeiden, von einem vorbeifahrenden Lastwagen naßgespritzt zu werden. Dann spannte er einen Regenschirm auf und ging mit kleinen Schritten zu dem Mercedes, den er auf der anderen Straßenseite geparkt hatte.

Der Mann war Unternehmer, Besitzer einer Kette von Schnellreinigungen, die der Mafia gelegentlich zum Waschen von Drogengeldern diente. Außerdem war er Päderast. Lubitsch wußte nicht, in welcher Eigenschaft er sich unbeliebt gemacht hatte. Lubitsch fragte nicht nach Gründen. In seinem Geschäft war es gefährlich, zuviel zu wissen. Ihn interessierte einzig und allein die Summe.

Der Mann schloß die Autotür auf. Er schüttelte den Regenschirm aus und faltete ihn zusammen, bevor er ihn vorsichtig gegen den Beifahrersitz lehnte. Dann ließ er sich auf den Ledersitz fallen und rückte ein bißchen hin und her, um in die ideale Position zu kommen. Lubitsch bleckte die Zähne. Ein grimmiges, kaltes Lächeln schärfte die Falten, die von der Nase bis zu den Mundwinkeln verliefen. Die Arbeit von zwei Wochen würde sich jetzt auszahlen. Oder er würde sich etwas Neues einfallen lassen müssen.

Der Mann steckte den Schlüssel in das Zündschloß und drehte ihn nach rechts. Im selben Moment flog das Auto auseinander – und mit ihm der kleine dicke Mann. Lubitsch sah den grellen Blitz, und wenig später dröhnte der Knall in seinen Ohren. Saubere Arbeit. Keine unbeteiligten Opfer. Die Autobombe würde nicht mehr Aufsehen erregen als nötig. Eine Auseinandersetzung in Mafia-Kreisen. Die Polizei würde die schmutzigen Geschäfte des kleinen dicken Mannes aufdecken und den Fall abhaken.

Autoteile waren bis auf die andere Straßenseite geflogen, einige Fensterscheiben zu Bruch gegangen. Menschen steckten ihre Köpfe heraus und schrien. Lubitsch riß sich von dem Anblick los und ging mit federnden Schritten zum Castelvecchio zurück. Eine Gruppe Schulkinder kam ihm entgegengerannt, die Gesichter voller Sensationsgier. Lubitsch drängte sich unbeachtet durch den Haufen, ging durch das erste Tor. Eine Lehrerin sah ihn hilflos an: »Was ist passiert?«

Lutbitsch zuckte mit den Schultern. »Keine Ahnung. Da drüben hat's geknallt.«

Er ließ die Lehrerin stehen, kam zum zweiten Tor. Vor ihm lag der Corso Cavour. Ein erstes hektisches Sirenengeheul ertönte. Schnell überquerte er die breite Straße und tauchte in die Fußgängerzone ein. Über die Via Roma kam er zur Piazza Bra', in deren Mitte sich die steinerne Schüssel der Arena erhob. Unter den Arkaden, vor denen sich die jetzt leeren Touristencafés ausbreiteten, standen Gruppen von alten Männern, die miteinander tuschelten.

Lubitsch blieb einen Augenblick stehen und wischte sich die Regentropfen von der Stirn. Dann strich er mit der Hand über seine glitschigen dunkelbraunen Haare. Die alten Männer, die sich vor dem Regen unter die Arkaden geflüchtet hatten, beachteten ihn nicht. Er trug eine braune Lederjacke und eine dunkelgraue Flanellhose. Sein längliches Gesicht mit den braunen Augen war weder markant noch schön. Lubitsch war so unscheinbar, daß er in den Gedächtnissen anderer Menschen wenig mehr als eine Ahnung hinterließ. Seine Personenbeschreibung traf auf die Hälfte der männlichen Bevölkerung Mitteleuropas zwischen 30 und 50 Jahren zu. Lubitsch kleidete und benahm sich unauffällig. Für seinen Beruf als Killer war es das Beste, wenn er unsichtbar blieb.

Er ging langsam weiter. Die Kellner standen gelangweilt herum und hofften auf besseres Wetter. Ein paar Unentwegte saßen unter den Markisen und schlürften Cappuccino. Lubitsch wollte die Sache hinter sich bringen. Er spürte, wie die Euphorie in ihm abbröckelte. Eine bleierne Müdigkeit erfaßte ihn. Jetzt noch nicht, dachte er. Reiß dich zusammen. Er tastete in der Jackentasche nach der Tablettenschachtel und drückte eine Tablette aus dem Staniolpapier. Er warf sie in den Mund, doch sie blieb im Rachen hängen. Sein Mund war vollkommen ausgetrocknet. Erst beim dritten Versuch kriegte er sie hinunter.

Am Ende der Piazza Bra' mußte er erneut in den Regen. Seine Schuhe quietschten auf dem nassen Asphalt der Via Mazzini. Er kam zur Piazza Erbe, mit noch mehr Cafés und Marktständen, an denen an sonnigeren Tagen Eis, Backwaren und Souvenirs verkauft wurden. Lubitsch interessierte sich nicht für die Sehenswürdigkeiten Veronas. Er wollte sein Geld kassieren und dann verschwinden. Nach Norden, über den Brenner. Nach Hause. Oder zumindest dahin, wo sein Bett stand.

Auf dem Corso Porta Borsari betrat er ein Café, in dem hauptsächlich ältere Damen saßen. Plätschernde Klaviermusik vom Band milderte die lautstarken Gespräche ab. Eine Kellnerin schoß auf Lubitsch zu, bevor der sich richtig hingesetzt hatte.

»Einen Kakao, bitte!«

Die Kellnerin zischte ab, und Lubitsch lehnte sich zurück. Er hatte sich an die Wand gesetzt, damit er den Raum und die Tür überblicken konnte. Eine alte Angewohnheit. Nicht, daß er befürchtete, gelinkt zu werden. Die Leute, für die er arbeitete, waren Profis. Und Profis würden nicht den Fehler machen, einen Killer auszutricksen. Er ließ die rechte Hand unter die Jacke gleiten. Im Gürtel steckte eine Pistole. Für alle Fälle.

»Ihr Kakao, Signore.«

»Danke.« Lubitsch blickte zur Tür, durch die ein neuer Gast gekommen war. Der Mann trug einen eleganten Dreiteiler unter einem grünschillernden Trenchcoat, auf dem Regentropfen perlten. Der Mann blickte sich um und trat dann an Lubitschs Tisch.

»Signor McKinney?«

Lubitsch nickte.

»Sie haben ganze Arbeit geleistet.«

Der Dreiteiler setzte sich, schaute auf Lubitschs rechten Arm und lächelte amüsiert. »Keine Sorge, ich bin unbewaffnet.«

Die eifrige Kellnerin stand schon wieder neben ihrem Tisch.

»Einen caffè«, bestellte der Mann, der seinen Trenchcoat über den Nachbarstuhl gelegt hatte. Die Kellnerin nahm ihn auf dem Rückweg mit.

»Ich bin nicht zum Plaudern hier«, sagte Lubitsch. »Geben Sie mir mein Geld!«

»Natürlich, natürlich.« Der Mann nickte freundlich. »Aus Höflichkeitsgründen sollten wir ein paar Minuten verweilen. Es wäre doch etwas auffällig, wenn wir sofort wieder gehen würden.«

»Drei.«

»Bitte?«

»Drei Minuten.«

Die Kellnerin brachte den Espresso, und der Mann nippte daran.

»Ihr Italienisch ist ausgezeichnet – für einen Iren.«

Lubitsch sagte nichts. Er hatte eine italienische Mutter und einen polnischen Vater. Sein Vater war gestorben, als er drei Jahre alt war. Mit der Mutter hatte er zwölf weitere Jahre verbracht, davon sechs in Italien und sechs in Deutschland. Dann hatte seine Mutter einen Iren geheiratet und den fünfzehnjährigen Mario seinem Schicksal überlassen. Lubitsch vermutete, daß sie nach Irland gegangen war, aber so genau wußte er es nicht. Eine Zeitlang hatte er Postkarten von ihr bekommen, nicht nur aus Irland. Die Postkarten wurden seltener, und schließlich kam gar keine mehr. Vermutlich, weil Lubitsch nie geantwortet hatte. Aber wohin hätte er schreiben sollen?

Der Mann zog einen Umschlag aus der Innentasche seiner Anzugjacke und legte ihn vor Lubitsch auf den Tisch. Lubitsch nahm ihn mit der linken Hand und stopfte ihn in seine Lederjacke. Drei Minuten später sagte er: »Sie wissen ja, wo Sie mich erreichen können, wenn Sie einen neuen Auftrag für mich haben. Allerdings frühestens in einem Jahr.«

»Wir wissen Ihre Erfahrung zu schätzen«, antwortete sein Gegenüber.

»Sie gehen zuerst«, sagte Lubitsch.

Er wartete, bis der Mann an den Fenstern des Cafés vorbeigegangen war, dann folgte er ihm auf die Straße. Der Mann ging Richtung Porta Borsari, mit eleganten Bewegungen und unbeeindruckt vom stetigen Regen. Lubitsch entschied sich für die andere Richtung, obwohl er einen großen Umweg machen mußte. Nach zehn Minuten war er sicher, daß er nicht verfolgt wurde.

Eine halbe Stunde später passierte er mit seinem neuen Audi 80 die Mautstation auf der autostrada. Plötzlich meldete sich sein Magen, und er krümmte sich hinter dem Steuer. Bei der nächsten Raststätte fuhr er ab und erbrach sich auf der Toilette. Er kaufte eine Flasche Mineralwasser ohne Kohlensäure und nahm zwei Tabletten. Das schwarze Loch, an dessen Rand er sich fast immer bewegte, tauchte wieder auf. Nur wenn er einen Job plante und durchführte, konnte er es zeitweilig verschwinden lassen. Dann fühlte er sich allen anderen überlegen. Er erinnerte sich an den Knall, mit dem das Auto des kleinen dicken Mannes explodiert war. Halte durch, sagte er sich. Noch zehn Stunden. Halte durch.

II

Die Wohnung stank nach kaltem Zigarettenrauch. Lubitsch machte kein Licht. Er blieb neben der Tür stehen und wartete, bis sich seine Augen an die Dunkelheit gewöhnt hatten. Wie ein Schlafwandler schlich er durch die Räume, suchte nach Veränderungen und fremden Gerüchen. Als er feststellte, daß alles so war wie sonst, ging er in die Küche und nahm sich eine Flasche Bier aus dem Kühlschrank. Mit einem leisen Stöhnen setzte sich der Killer in einen Sessel und starrte auf die schwarze Fläche des Fernsehers. Nach dem zweiten Schluck warf er drei Tabletten ein. Endlich Ruhe. Die wellenartigen Schmerzen, die von seinem Magen ausgingen, ließen langsam nach. Lubitsch gähnte. Er spürte die Wirkung der Tabletten, eine Gleichgültigkeit, die ihn in den Schlaf zog.

Er schreckte hoch. Eine halbe Sekunde lang wußte er nicht, wo er war. Dann sah er die halbvolle Bierflasche, die von seiner rechten Hand umklammert wurde. Kalter Schweiß stand ihm auf der Stirn. Er stellte die Bierflasche ab und stand auf. Lautlos öffnete er die Tür zum Schlafzimmer. Auf der einen Seite des breiten Bettes wölbte sich die Decke. Lubitsch ging näher heran. Ein Frauenkopf lag auf dem Kopfkissen. Gebeugt betrachtete er die schwarzen Haare, die etwas zu große Nase, die dünnen Lippen, die sich jetzt bewegten. Roberta murmelte im Schlaf. Lubitsch verstand nur zwei Worte: »Schwein« und »Peter«.

Auf dem Weg zur anderen Seite des Bettes zog er das Hemd über den Kopf und ließ es auf den Boden fallen. Achtlos warf er die Hose daneben. Er glitt unter die Bettdecke und zog sie bis zur Nasenspitze hoch. Zwei Sekunden später war er eingeschlafen.

Er erwachte von dem Lärm, den der Müllwagen draußen machte. Das Geklapper der Mülltonnen, die Schreie der Müllmänner, das harte Stampfen, mit dem sich die Mülltonnen in den Wagen entleerten. Lubitsch schaute auf die Uhr. Früher Nachmittag. Er blieb noch eine Viertelstunde im Bett liegen, bevor er sich hinauswälzte und zum Badezimmer schlurfte. Er sah in ein griesgrämiges Gesicht mit tiefen Falten und Bartstoppeln. Die Haare hingen stumpf und strähnig herunter. Lubitsch öffnete den Badezimmerschrank und nahm eine neue Schachtel Tabletten heraus. Mißmutig stellte er fest, daß es seine letzte war. Ein Besuch bei Doktor Finkelkötter war fällig. Der verdammte Arzt würde Schwierigkeiten machen, Lubitsch ahnte es. Im Urlaub mußte er versuchen, die Dosis zu senken. Vor seiner Fahrt nach Italien hatte er Roberta eine Reise in die Karibik versprochen, irgendeine Insel, klein, überschaubar, Palmen, viel weißer Strand, Getränke, die mit weißem Rum gemixt wurden. Roberta würde ihren Spaß haben. Vielleicht würde es ihm auch gefallen, den ganzen Tag am Strand zu liegen. Er schüttelte sich.

In der Küche fand er einen Zettel: *Muß ein paar Sachen in der Stadt erledigen. Hol mich bitte heute nacht im Club ab! In Liebe. Roberta*

Roberta, die gebürtige Italienerin, arbeitete für den selben Boß wie er. Allerdings ging sie davon aus, daß Lubitsch Riemenschneiders Filialen und Beteiligungen in anderen Städten kontrollierte, den örtlichen Managern der Bordelle, Nachtclubs und Spielcasinos auf die Finger sah. Ihren Freundinnen und ihrer Familie erzählte sie, daß Paul Wirtschaftsprüfer sei. In der Stadt am Rhein nannte Mario Lubitsch sich Paul Müller. Nicht einmal Roberta, mit der er seit zwei Jahren zusammen war, kannte seinen richtigen Namen. Sie ahnte auch nicht, daß er sie verstand, wenn sie ihn in ihrer Muttersprache beschimpfte.

Um zehn Uhr abends verließ er die Wohnung. Er ließ sich durch die Altstadt treiben, durch die Kneipen, in denen er Bekannte traf, die ihn zu einem Glas einluden. Er hörte sich Geschichten an von neuen Autos, von sicheren Deals, die das große Geld bringen würden, von unheimlich tollen Bräuten, die das Schärfste waren, was die Stadt je gesehen hatte. In einer Bar namens ›Bunter Hund‹ gab er nach, als ihn China-Joe und der schnelle Max zu einem Pokerspiel im Hinterzimmer überreden wollten. In einer Stunde verlor er 3000 Mark, denn er war kein guter Pokerspieler. Aber ab und zu tat er anderen den Gefallen, ein paar Tausender zu verlieren. Geld zu haben und damit um sich werfen zu können, gehörte hier zu seinem Image. Lubitsch wußte, daß ihn alle für einen Einzelgänger hielten. Gerade deshalb war es nötig, sich unter das Volk zu mischen und Schwächen zu zeigen. Ohnehin würde ihn niemand anrühren, denn er stand unter dem besonderen Schutz von Riemenschneider.

Gegen zwei betrat er den Club ›Cher ami‹. Kaum hatte er den schweren Vorhang beiseite geschoben, als Roberta auf ihn zustürzte und ihn umarmte. Nach einem langen Kuß schob sie ihn auf Armlänge zurück: »Du siehst müde aus.«

»Ich bin müde.«

»War es anstrengend in Italien?«

Lubitsch lächelte. »So wie immer. Jeder fühlt sich wie ein kleiner König, wenn er längere Zeit keinen aus der Zentrale gesehen hat. Man vergißt schnell, wer einen zu dem gemacht hat, was man ist.«

»Was möchtest du trinken?« Sie zog ihn an der Hand zur Theke.

»Ein Bier.«

Außer Lubitsch saß noch ein anderer Mann an der Theke, einer der Unentschlossenen, die nicht wissen, für welches Mädchen sie sich entscheiden sollen oder ob sie es sich leisten können. Auch die Nischen waren nur spärlich besetzt.

»Wir hatten letzte Woche eine Razzia«, erzählte Roberta. »Seitdem läuft das Geschäft schlecht. Ein V-Mann, der sich wichtig machen wollte, hat den Bullen gesteckt, daß hier mit Drogen gehandelt wird. Natürlich haben sie nichts gefunden. Aber so etwas spricht sich in der Szene schnell herum. Unsere Gäste denken an ihren Ruf. Welcher Richter oder Zahnarzt möchte schon, daß sein Name bei einer polizeilichen Kontrolle in einem Nachtclub registriert wird?«

Ein Mädchen mit roter Seidenunterwäsche kam an die Theke und sagte zu einem goldgeknöpften Jüngling: »Noch eine Flasche Champagner an Tisch fünf.«

Roberta stellte Lubitsch das Bier hin und setzte sich auf den Barhocker neben ihn. »Ich mache heute früh Feierabend. Das bißchen Arbeit kann Peter alleine erledigen.«

Seitdem sie mit Lubitsch befreundet war, mußte sich Roberta nicht mehr von nach Alkohol stinkenden Männern befummeln lassen. Lubitsch hatte dafür gesorgt, daß Riemenschneider sie zur Chefin des ›Cher ami‹ machte und am Umsatz beteiligte.

Lubitsch fühlte eine kalte, kleine Hand in seinem Nacken. »Freust du dich, mich wiederzusehen?«

Er nahm die Hand und küßte sie. »Sehr.«

»Ich hätte dich heute mittag gerne geweckt.«

»Ich bin die ganze Nacht durchgefahren.«

»Das dachte ich mir, deshalb habe ich es auch gelassen.« Ihre Hand rutschte seinen Rücken hinunter, umkurvte den Oberschenkel und landete schließlich an einem zentralen Punkt.

»Laß uns gehen, ja?«

Als Lubitsch aufstand, sah er, daß die Striptänzerin auf der Bühne, eine magere Blondine, sich gerade ihres Slips entledigt hatte und einen Mittsechziger daran riechen ließ.

III

»Ich kann die Dosis nicht weiter erhöhen. Lithium ist nicht unproblematisch, wissen Sie. In solchen Mengen führt es zu Konzentrationsschwächen. Sie werden zu einer Gefahr im Straßenverkehr. Oder Sie müssen mir versprechen, das Auto stehenzulassen.« Doktor Finkelkötter nahm die goldumrandete Brille ab und sah Lubitsch treuherzig an.

»Mit meiner Konzentration ist alles in Ordnung. Nur mein Magen spielt verrückt.«

»Was für Symptome?«

»Schmerzen, als hätte ich einen Stein im Magen. Manchmal kann ich tagelang nichts essen.«

»Strecken Sie einmal Ihre Hände aus!«

Lubitsch gehorchte.

»Ein leichter Tremor.«

»Sprechen Sie deutsch, Doktor!«

»Ihre Hände zittern, Herr Müller. Das ist eine Nebenwirkung des Lithiums. Aber dagegen kann ich Ihnen Rezeptoren-Blocker verschreiben.«

»Tun Sie das, Herr Doktor! Und schreiben Sie auch zweihundert Tabletten von dem anderen Zeug auf das Rezept!«

Finkelkötter setzte seine Brille wieder auf. »Tut mir leid! Mehr als hundert kann ich nicht verantworten.«

»Ich bin die nächsten vier Wochen außer Landes. Glauben Sie, daß ich in der Karibik Lithium auftreiben kann?«

»Hundert Tabletten reichen für vier Wochen völlig aus.«

Lubitsch stand auf und ging um Finkelkötter herum, sodaß sich der Arzt auf seinem Schemel drehen mußte, um ihn im Auge zu behalten.

»Sagt Ihnen der Name Riemenschneider etwas, Herr Doktor?«

Finkelkötter wurde etwas blasser um die Nase. »Was wollen Sie damit andeuten?«

»Ist es richtig, daß ein Arzt bei bestimmten Verwundungen die Polizei informieren muß?«

»Jeder Arzt unterliegt der Schweigepflicht.« Der Mediziner bekam ein nervöses Zucken im linken Augenlid.

»Die er sich gelegentlich teuer bezahlen läßt.« Lubitsch umrundete Finkelkötter weiter. Der nahm erneut die Brille ab und rieb sich das linke Auge.

»Sie sind einer von Riemenschneiders Leuten, richtig?«

»Richtig.« Lubitsch blieb vor dem Arzt stehen und sah ihm direkt ins Gesicht. »Schreiben Sie zweihundert Tabletten auf!«

Der Arzt nickte. »Wenn Sie mich fragen: Sie stehen kurz vor einem depressiven Schub.«

»Ich frage Sie aber nicht.«

Als Lubitsch nach Hause kam, saß Roberta im Wohnzimmer und blätterte in Reiseprospekten.

»Was hältst du von Martinique?«

»Ist mir recht.«

Roberta zog einen Schmollmund. »Mit dir macht es gar keinen Spaß, einen Urlaubsort auszusuchen. Ich glaube, wenn ich Grönland gesagt hätte, hättest du auch geantwortet: Ist mir recht.«

Lubitsch setzte sich neben sie und legte einen Arm um ihre Schulter. »Wenn du nach Grönland willst, fahren wir nach Grönland. So einfach ist das. Ich möchte, daß du deine Freude hast. Und mir gefallen Eisberge genauso wie Palmen. Auch die Karibik kommt schließlich nicht ohne Eisberge aus, in kleine Stücke zerhackt und auf Cocktailgläser verteilt.«

Roberta lachte. »Hör mal zu! ›Die Insel Martinique gehört zum französischen Staatsgebiet. Europäischer Komfort verbindet sich mit karibischer Exotik.‹«

»Klingt gut«, sagte Lubitsch. »Vor allem die Stelle mit dem Komfort.«

»Ich bin mehr auf die karibische Exotik gespannt.«

»Tanzende Mulattinnen im Hotelfoyer, schwarze Jungs, die dir von ihren kranken Schwestern erzählen, die dringend eine Operation in den USA brauchen.«

Roberta nahm seine Hand von ihrer Schulter. »Du kannst einem alles madig machen.« Sie tat so, als ob sie sauer wäre.

Lubitsch wickelte eine ihrer schwarzen Strähnen um seinen Zeigefinger. »Ich wollte dich nur warnen. Auf der ganzen Welt dreht sich alles ums Geld. Auf Martinique genauso wie in Duisburg-Huckingen.«

Sie lächelte schon wieder.

»Außerdem«, fügte er besänftigend hinzu, »ich mag tanzende Mulattinnen. Sie sind bezaubernd, wenn ihre Körper vor Schweiß glänzen.«

»Arschloch«, sagte Roberta. »Dafür hast du schließlich mich. Wehe, ich erwische dich mit einer Mulattin. Hast du eigentlich schon was gegessen?«

»Nein, ich habe keinen Hunger.«

Sie legte ihre Hand prüfend auf seinen Bauch. »Du hast schon wieder abgenommen. Du solltest regelmäßiger essen, Paul!«

»Okay«, gab er nach. »Gehen wir zu dem Italiener an der Ecke.«

Lubitsch nahm einen Salat und ein Wasser, Roberta eine Pizza mit Meeresfrüchten. Während sie auf ihr Essen warteten, besprachen sie die Urlaubsvorbereitungen. In zehn Tagen wollten sie abreisen, und bis dahin gab es noch etliche Dinge zu regeln.

Als Lubitsch lustlos auf einem Stück Thunfisch herumkaute, sagte Roberta: »Ach, übrigens, Robert Almstedt hat angerufen.«

»Was wollte er?«

»Dich sprechen.«

»Mehr hat er nicht gesagt?«

»Nein.« Roberta schaute ihn mißtrauisch an. »Das mit deinem Urlaub klappt doch, oder?«

»Natürlich. Es ist alles geregelt.« Lubitsch schob den Salat zur Seite. »Ich ruf mal eben an. Wird wohl nichts Wichtiges sein.«

Almstedt war die rechte Hand und der oberste Buchhalter von Riemenschneider. Verglichen mit einem normalen Unternehmen, war Almstedt der Vorstandsvorsitzende, während sich Riemenschneider auf den Posten des Aufsichtsratsvorsitzenden zurückgezogen hatte.

Lubitsch nickte dem Besitzer der Pizzeria zu, nahm das Funktelefon und zog sich damit in die hinterste Ecke zurück. Nach einer Minute hatte er Almstedt in der Leitung.

»Was gibt's?«

»Ich muß dich sprechen, Paul.«

»Warum?«

»Nicht am Telefon.«

»Ich habe Urlaub. Das weißt du.«

»Ich weiß. Es geht um eine Sache, für die der Chef die höchste Dringlichkeitsstufe ausgegeben hat.«

»Oh nein, nicht mit mir. Sag ihm das!«

»Bitte, Paul!«

»Okay, wann und wo?«

Sie vereinbarten ein Treffen in einem Café am Rheinufer.

Als Lubitsch zurückkam, sah Roberta sofort, was los war.

»Sag bloß nicht, daß Martinique geplatzt ist.«

»Nichts ist geplatzt. Ich treffe mich mit Almstedt, und wir beide fahren.«

Roberta aß schweigend weiter, Lubitsch rührte seinen Salat nicht mehr an.

Das ›Café Rheinblick‹ war nur an den Wochenenden gut besucht, jetzt, in der Wochenmitte, verloren sich ein paar Rentner in dem großen Saal. Almstedt saß an einem der Fenstertische, vor sich ein französisches Tafelwasser. Er trug einen maßgeschneiderten braunen Anzug und italienische Mokassins, über dem gestreiften Hemd baumelte eine hellblaue Krawatte. Das blonde, schon etwas schüttere Haar war geschickt über den Kopf verteilt, und die Haaransätze zeugten von allwöchentlichen Friseurterminen. Almstedt verzichtete auf das goldene Halskettchen und die Rolex am Handgelenk, die üblichen Requisiten des Milieus. Der einzige sichtbare Luxus, den er sich erlaubte, war eine brillantenbesetzte Krawattennadel. Überhaupt sah er nicht aus wie ein Krimineller, sondern wie ein aufstrebender Jungmanager. Und das war er auch. Almstedt hatte Betriebswirtschaft studiert, und Riemenschneider hatte ihn eingekauft, als er merkte, daß man mit Schlägertypen und windigen Rechtsanwälten nicht mehr weiterkam. Riemenschneider war lange genug im Geschäft, um zu wissen, daß man Veränderungen nicht verpassen darf. So hatte er an der Peripherie seines Imperiums seriöse Geschäfte angesiedelt. Und dafür war Almstedt der richtige Mann.

Lubitsch setzte sich grußlos und bestellte ebenfalls ein Wasser.

»Wir haben auch Vollwerttorte«, grinste die Kellnerin, eine studentische Aushilfskraft mit Punkfrisur.

Die beiden Männer sahen sie mit einem Ausdruck an, der sie erschreckt davonjagte.

Almstedt begann umstandslos und in geschäftsmäßigem Ton: »Wie schon gesagt, Riemenschneider hat die höchste Dringlichkeitsstufe ausgegeben, und du bist unser bester Mann.«

Lubitsch schüttelte den Kopf. »Ich brauche eine Pause. Ihr könnt mich nicht verheizen.«

»Der Hit in Italien war eine Gefälligkeit. Zur Absicherung unserer Interessen an der Riviera.«

»Dann bittet doch die Mafia, euch einen Gefallen zu tun!«

Almstedt dachte nicht einmal darüber nach. »Das wäre unklug. Die Mafia strebt eh nach Norden, man muß sie nicht auch noch freiwillig ins Land holen.«

»Dann nehmt einen anderen, es gibt genug.«

»Du bist der Beste.« Almstedt schoß einen prüfenden Blick ab. »Obwohl du schon mal besser ausgesehen hast.«

»Mir geht es gut.«

»Doktor Finkelkötter sagt da was anderes.«

»Ich schlucke ein paar Tabletten, na und? Ich bin immer noch so gut wie früher.«

»Deine Hände zittern.«

Lubitsch schob seinen Stuhl zurück. »Dann bin ich für den Job ja wohl nicht geeignet, womit wir beide einer Meinung wären.«

»Setz dich, Mario!« sagte Almstedt in scharfem Ton.

Lubitsch reagierte sofort. Sein richtiger Name, den nur wenige kannten, wirkte wie ein Alarmsignal.

»Du stehst auf unserer Lohnliste«, fuhr Almstedt ruhiger fort.

»Ich bin Freiberufler«, entgegnete Lubitsch.

»Und du möchtest sicher, daß deine Freundin Geschäftsführerin des ›Cher ami‹ bleibt.«

»Sie macht ihre Sache gut. Warum zieht ihr sie da rein?«

»Wir wollen sie nicht entlassen, Mario. Alles, was wir wünschen, ist ein bißchen Kooperation von deiner Seite.«

Lubitsch lehnte sich zurück und schloß die Augen. Er wußte, daß er verloren hatte.

»Leipzig, was sagt dir das?« fragte Almstedt, als sie über den asphaltierten Uferweg am Rhein entlangschlenderten.

»Ich war nie im Osten, weder vor noch nach dem Mauerfall«, entgegnete Lubitsch.

»Aber du kannst dir denken, daß sich dort drüben ein neuer Markt auftut. In der DDR gab es offiziell keine Prostitution, kein Glücksspiel, in einer Messestadt wie Leipzig allenfalls ein kastriertes Nachtleben für Westbesucher.«

»Und jetzt will sich Riemenschneider Leipzig unter den Nagel reißen«, sagte Lubitsch.

»Wir sind dabei, Mario, wir sind dabei. Im Moment ist Leipzig ein trostloses Pflaster. Eine Ruinenlandschaft mit ein paar herausgeputzten Renovierungsstücken. Aber Leipzig ist und bleibt Messestadt. Deutschland kann es sich nicht leisten, Leipzig abzuschreiben. In zwanzig oder, wenn es gut läuft, in zehn Jahren wird Leipzig den Rang von Frankfurt haben. Main, nicht Oder.«

Almstedt machte eine Pause. »Deshalb haben wir uns entschlossen, massiv in Leipzig zu investieren. In die Zukunft, sozusagen. Natürlich waren wir nicht die einzigen, die auf diese Idee gekommen sind. Ein völlig neuer Markt bedeutet Verteilungskämpfe. Was derzeit in Leipzig läuft, ist der reinste Dschungelkrieg.«

»Und ich soll einen der Oberaffen ausschalten«, sagte Lubitsch.

»So könnte man es ausdrücken. Die Regeln, die hier im Westen gelten, haben dort drüben keine Bedeutung. Wir haben es mit Gesprächen versucht, um die Interessen abzugrenzen. Zwecklos. Unsere Läden werden überfallen, unsere Leute bedroht. Es bleibt uns nichts anderes übrig, als ein Zeichen zu setzen.«

»Um wen geht es?«

»Der Mann, der uns am meisten zu schaffen macht, ist ein Jugoslawe.«

Lubitsch lachte ein kurzes, meckerndes Lachen. »Ich dachte, die gibt's nicht mehr.«

»Was?« Almstedt guckte irritiert. »Ach so. Wir wissen so gut wie nichts über ihn, nicht einmal, ob er Serbe oder Kroate ist. Sein Name ist Pancic. Er hält sich häufig in Leipzig auf, der genaue Ort ist unbekannt.«

»Fotos?«

»Keine.«

»Das ist nicht viel«, sagte Lubitsch. »Das kostet das Doppelte.«

»In Ordnung.«

»Und danach werde ich ein Jahr lang von euch in Ruhe gelassen.«

»Sagen wir: ein halbes Jahr.«

»Ein Jahr und keinen Tag weniger.«

»Ich werde mit Riemenschneider darüber sprechen.«

»Ich will die Zusage jetzt.«

Almstedt überlegte zwei Sekunden. »Okay, auch wenn mich Riemenschneider zur Schnecke macht, du kriegst dein Jahr.«

IV

Roberta schrie und tobte. Anschließend weinte sie jämmerlich, dann packte sie ihre Sachen und verschwand. Das hatte sie schon des öfteren getan, und deshalb machte sich Lubitsch keine großen Sorgen. Sie würde zurückkommen, dessen war er sich sicher. Er schrieb Roberta ein paar Zeilen, in denen er ihr versprach, daß Martinique nur aufgeschoben sei und daß er danach für längere Zeit nicht mehr verreisen werde, schließlich packte er seine eigene Reisetasche.

Der Aufzug brachte ihn hinunter in die Tiefgarage, wo sein dunkelblauer Audi stand. Inzwischen hatte er neue Fahrzeugpapiere, einen neuen Führerschein und einen neuen Personalausweis. Alle lauteten auf den Namen Andreas Thewald, von Beruf Gastronom. Almstedt hatte schnelle und saubere Arbeit geleistet, genauer gesagt, leisten lassen.

Abgesehen von einem Tankaufenthalt in Bad Hersfeld und drei Staus zwischen Jena und Markkleeberg, fuhr er die Strecke in einem durch. Bei Merseburg verließ er die Autobahn und näherte sich Leipzig aus westlicher Richtung. Zuerst kam er an den neuen, aus dem Boden gestampften Hallen und großen Zelten vorbei, in denen Billigtextilien und Heimwerkerartikel verkauft wurden. Dann passierte er die Flächen der Gebrauchtwagenhändler, die ihre Eingangstore mit bunten Wimpeln geschmückt hatten, als wäre der Kauf eines alten Autos so etwas ähnliches wie der Besuch auf dem Rummelplatz. Als er schließlich die Stadtgrenze von Leipzig erreichte, staunte Lubitsch über die grauschwarzen, abbröckelnden Fassaden. Da, wo ein neues Geschäft eröffnet worden war, hatte man das Erdgeschoß mit weißer Farbe übertüncht, was den Kontrast zum dreckigen Rest noch verstärkte. Viele Geschäftsräume standen leer, und zwischen den wenigen neueingerichteten Läden gab es etliche alte, in deren Schaufenstern sich Konservendosen stapelten oder große Pappscheren baumelten. Die Männer und Frauen auf den Bürgersteigen trugen billige Jeans und Turnschuhe.

Lubitsch hatte sich ein Zimmer im ›Interconti‹ reservieren lassen, ein Hotel, das sich in der Nähe des Bahnhofs befand. Er fuhr über den Innenstadtring, am Hauptbahnhof vorbei, und dann sah er den Schriftzug auf einem altmodischen Kasten. Auf der Rückseite fand er einen Parkplatz zwischen Glascontainern.

Im Hotelfoyer wehte ihm ein Hauch Sechziger Jahre entgegen: altmodische Ledergarnituren und eine dunkelbraun, fast schwarz gebeizte Theke. Die Frau hinter der Theke, eine ältere Dame mit platinblonder, kunstvoll hochgesteckter Frisur, schob ihm, nachdem er seinen Namen gesagt hatte, den Hotelausweis entgegen, zusammen mit dem Zimmerschlüssel.

Das Zimmer befand sich im ersten Stock, auf den Kopfkissen des Doppelbettes lagen zwei Schokoladenherzen. Lubitsch öffnete die Fenstervorhänge und hörte das Kreischen der Straßenbahn, die unten vorbeifuhr. Er warf einen Blick auf den riesigen Hauptbahnhof, der als Dinosaurier der Eisenbahnzeit vor dem achtspurigen Innenstadtring kauerte. Beim Hauptbahnhof war man umgekehrt verfahren, hatte nicht unten, sondern oben was erneuert. Das Hauptgebäude war noch in seinem grauschwarzen Urzustand, während die roten Dachziegel, die in der untergehenden Abendsonne leuchteten, aus der Nachwendezeit stammten.

Lubitsch fühlte sich gut, überraschend gut. Er spürte sogar so etwas ähnliches wie Hunger. Und er beschloß, diesem Gefühl nachzugeben.

Er ging in die Innenstadt, was nicht mehr war, als eine komplizierte Straßenüberquerung. Durch einen fußballfeldgroßen Park kam er zu einem Platz, der auf seinem Stadtplan als Karl-Marx-Platz bezeichnet wurde, inzwischen aber einen anderen Namen trug. In der Mitte zwischen Neuem Gewandhaus und Opernhaus begann die Fußgängerzone, und Lubitsch blieb vor einem Denkmal stehen, das eine Reihe von erschreckten Männchen zeigte. Das Gedicht eines B. Brecht, das den Sockel verzierte, konnte ihm die Angst in den Gesichtern auch nicht erklären.

Rund um das Alte Rathaus sah es aus wie in jeder westdeutschen Großstadt, mal abgesehen von den vielen Baustellen. Die Ladenzeilen und Passagen waren fest in den Händen westdeutscher Filialisten, und auch die Restaurants hatten inzwischen die Besitzer gewechselt, wie er an den ihm bekannten Namen feststellte. Dazwischen gab es jede Menge Buden und Wohnwagen, die als ambulante Küchen das hungernde Volk mit Pizzastücken und Hamburgern versorgten.

Lubitsch entschied sich für ein gut gefülltes Chinarestaurant und vertilgte mit großem Appetit eine zerhackte Ente. Seine Hände zitterten nicht mehr. Die Rezeptoren-Blocker von Doktor Finkelkötter taten ihre Wirkung.

Anschließend drehte er weiter seine Runden, um sich zu orientieren, wie er es stets machte, wenn er in einer ihm fremden Stadt einen Job zu erledigen hatte. Er kam an einigen Kirchen vorbei, aber die interessierten ihn nicht. Schließlich betrat er eine Nachtbar namens ›Kutschbock‹. Für zehn Mark Eintritt bekam er ein Glas Whisky-Cola und den Ausblick auf eine Fläche, auf der sich Frauen im halbstündigen Rhythmus entkleideten. An den Tischen saßen stumpfsinnig dreinblickende Männer, und an der Theke hockten Hausfrauen in gesetztem Alter, die das Arbeitslosengeld ihrer Männer aufbessern wollten. Die Hausfrauen nickten heftig in seine Richtung, aber Lubitsch zog es vor, das Glas Whisky-Cola im Stehen zu trinken.

Nachdem eine Putzfrau zuerst den Boden geschrubbt und sich dann ausgezogen hatte, verließ er fluchtartig das Lokal. Der ›Kutschbock‹ verbreitete soviel Erotik wie der geflieste Gang des Sozialamtes, nur daß sich dort die Putzfrauen nicht auszogen.

An der Hotelbar trank er noch ein Bier, wieder umgeben von leicht übergewichtigen Männern, die den Geruch von Langeweile und Herrenwitzen ausströmten. Wie er aus den Gesprächen heraushörte, handelte es sich um Vertreter westlicher Firmen, die in Leipzig arbeiteten und ihre Abende an der Hotelbar totschlugen.

Bevor er ins Bett ging, nahm er zwei Tabletten. Dann hörte er dem Kreischen der Straßenbahn zu und blieb lange Zeit wach.

Die Windscheidstraße lag im Stadtteil Connewitz, südlich der Innenstadt. Lubitsch fand den Computerladen ›Soft + Ware‹ auf Anhieb, denn die Wandfläche des Erdgeschosses leuchtete, akkurat bis zur ersten Etage, in sanftem Hellblau.

Hinter der Ladentheke stand ein junger Mann mit Zopf am Hinterkopf, der gerade mit seiner Freundin telefonierte. Lubitsch drückte auf die Gabel, was den Jüngling in Rage brachte.

»Sind Sie bescheuert?«

»Ist Holthaus da?«

»Wie kommen Sie dazu...«

»Quatsch nicht dumm rum!« fuhr Lubitsch ihn an. »Bring mich zu Holthaus!«

Etwas eingeschüchtert wählte der Bursche eine interne Nummer: »Ein Herr...«, er guckte Lubitsch an.

»Thewald.«

»Thewald möchte Sie sprechen.« Pause. »Ja, gut, Chef.« Er zeigte auf eine Tür an der Seitenwand.

»Danke«, sagte Lubitsch.

Die Tür sprang mit einem Summton auf, und beim Durchgehen merkte Lubitsch, daß sie stahlverstärkt war.

Er kam in ein relativ kleines Büro, das zwei winzige, mit Eisengittern verzierte Fenster nur unzureichend erhellten.

»Rainer Holthaus«, sagte der korpulente Mann, der hinter dem Schreibtisch aufgestanden war und eine breite Hand ausstreckte.

Lubitsch nahm sie. »Sie kennen mich ja.«

»Almstedt hat mir von Ihnen erzählt.« Holthaus zeigte auf den zweiten Sessel im Büro. »Wenn es Ihnen nichts ausmacht, können wir auch zum Du übergehen. Schließlich arbeiten wir ja für die selbe Firma.«

»Meinetwegen«, sagte Lubitsch.

»Zigarette?« Holthaus kippte eine Schachtel Ernte 23 in Lubitschs Richtung.

»Nein, danke, ich rauche nicht.«

Holthaus steckte sich eine an. »Du wunderst dich sicher, daß ich in einem Computerladen residiere. Offen gestanden, ich habe von Computern keine Ahnung.« Er gluckste. Dabei wippte sein graumelierter Schnurrbart, und die Jacketkronen strahlten in sattem Gelb. »Immerhin tun wir was für den Aufschwung der Volkswirtschaft, Abteilung Ost. Das entspricht der neuen Firmenphilosophie. Und außerdem lassen sich hier Einnahmen verbuchen, die wir in unseren anderen Läden lieber nicht haben. Aber wem sag ich das? Du kennst das Spielchen aus dem Effeff.«

Lubitsch nickte. Ihm war der Kerl zuwider.

»Soweit zum Positiven, wenn ich mal so sagen darf.« Holthaus steckte einen Finger in den Hemdkragen und kratzte sich im Nacken. Der oberste Knopf seines Hemdes war geöffnet, und die Krawatte baumelte auf Halbmast. »Leider gibt es auch negative Entwicklungen. In dieser Woche sind zwei Gäste vor einem unserer Nachtclubs zusammengeschlagen worden, und in der Spielhalle am Dittrichring haben sie die Fenster eingeschmissen.«

»Habt ihr die Typen geschnappt?«

»Nein, bevor wir reagieren konnten, waren die wieder weg. So geht das nun schon seit Wochen. Mit Sicherheit steckt dieser Pancic dahinter. Der will uns Leipzig madig machen. Das hab ich auch dem Almstedt gesagt. Ich weiß doch, was die in der Zentrale denken: Der Holthaus kriegt das nicht geregelt. Aber ich bin kein Anfänger, mein Junge. Ich komm nicht aus Sachsen oder Vorpommern oder wie das alles heißt. Ich hab schon in Sankt Pauli gearbeitet. Doch verglichen mit Sankt Pauli, das sag ich dir, ist das hier Beirut.«

»Niemand macht dir einen Vorwurf«, sagte Lubitsch. »Ich bin da, um die Sache zu regeln. Dabei arbeite ich allein. Du kennst mich nicht, und wenn dich jemand fragt, dann weißt du von nichts. Das gilt auch für Leute aus der Firma. Ist das klar?«

Holthaus zerrte an seiner Krawatte, als würde ihn etwas würgen. »Natürlich, Mann, ich weiß doch, wie sowas läuft. Ich bin nicht so blöd, meinen Arsch zu riskieren.«

»Gut.« Lubitsch beugte sich vor. »Ich brauche mehr Informationen über Pancic.«

»Ja, das ist das Problem. Der Kerl bleibt im Hintergrund. Alle haben von ihm gehört, aber keiner hat ihn gesehen. Er wohnt in einer Villa außerhalb von Leipzig, keine Ahnung, wie er da drangekommen ist.«

»Woher weißt du das von der Villa?«

»Na ja, eine Frau, die jetzt für uns arbeitet, hat mal in einem seiner Schuppen angeschafft. Und ab und zu läßt er sich eine kommen. Er liebt es ziemlich brutal, wenn du verstehst, was ich meine.«

»Sie hat ihn also gesehen.«

»Sie sagt, es war dunkel, und sie würde die Villa nicht wiederfinden.«

»Ich möchte mit der Frau sprechen.«

»Das läßt sich arrangieren. Sie ist heute abend im ›Club Venus‹, unserer Edelhütte.«

»Wir fahren zusammen hin. Um zehn«, entschied Lubitsch.

Holthaus zog ein Taschentuch aus der Hosentasche und wischte sich die Stirn ab. Im Büro war es empfindlich kühl.

V

»Das ist kein Zuckerschlecken hier. Und ich meine jetzt nicht den verdammten Grabenkrieg mit Pancic. Ich meine das ganz normale beschissene Leben. Nimm nur mal die Luft! Im Winter stinkt es nach faulen Eiern. Und dann das Wasser! Ich hab Haarausfall gekriegt, kreisrunden Haarausfall. Was denkst du, was das für ein Schreck war, als ich eines Morgens mit dem Finger die kahle Stelle fühlte? Ich bin sofort zum Arzt gerannt. Und weißt du, was der sagt? Das könnte am hohen Quecksilbergehalt des Trinkwassers liegen. Stell dir das mal vor! Quecksilber im Trinkwasser. Bah!«

Holthaus redete sich in Fahrt. Sie saßen in Lubitschs Audi und fuhren nach Klein-Zschocher, wo sich der ›Club Venus‹ befand.

»Am liebsten würde ich zu Almstedt sagen: Mach doch den Scheiß selber! Aber der feine Pinkel ist sich natürlich viel zu schade für sowas. Die anderen Wossis, die können am Freitagnachmittag auf die Piste gehen, mit hundertachtzig Sachen Richtung Westen, in die Heimat.«

»Wossis?« fragte Lubitsch.

»Na ja, es gibt Wessis, Ossis und Wossis. Wossis, das sind die West-Ossis, Leute aus dem Westen, die hier arbeiten. Die kommen meist am Sonntagabend oder Montagmorgen, und am Freitagnachmittag düsen die wieder ab. Aber ich, ich hab Residenzpflicht. Ich muß mir auch am Wochenende den Mief um die Nase wehen lassen. Denen, die hier geboren sind, macht das ja nichts aus. Im Gegenteil, die können gar nicht ohne.« Holthaus gluckste. »Ich hab schon von mehreren gehört, die nach der Wende mal so richtig die gute Luft genießen wollten. Die sind dann rauf an die Nordsee und haben tief durchgeatmet. Und was passierte? Die kriegten Kopfschmerzen, tierische Kopfschmerzen. Nach drei Tagen hatten sie die Schnauze voll und sind zurück nach Leipzig. Und – auf einen Schlag waren die Kopfschmerzen verschwunden.«

Lubitsch machte Holthaus auf den weißen Dampf aufmerksam, der aus den Gullis aufstieg. Er hatte so etwas in amerikanischen Filmen gesehen, aber immer für unecht gehalten.

»Das? Ja, das liegt am kaputten Fernwärmenetz. Die Leitungen sind doch alle morsch. Weniger als die Hälfte kommt in den Wohnungen an. Fahr mal die nächste rechts!«

Lubitsch bog in eine schmalere Straße ein.

»Langsamer jetzt! Siehst du das angestrahlte Haus da vorn? Dahinter ist die Einfahrt.«

Der Hof war frisch asphaltiert und von nostalgischen Straßenlampen beleuchtet. Etliche Strahler richteten sich auf einen schneeweißen Bungalow. Links und rechts der Eingangstür erhoben sich griechische Säulen.

»Echter Marmor«, sagte Holthaus und klatschte auf eine Säule. »Ist schon ein kleines Tempelchen, unser ›Venus‹. Ein Sündentempel.« Er gluckste wieder.

Die Klingel lockte einen breitschultrigen Mann in Jeans und Hawaihemd an die Tür. »'n Abend, Herr Holthaus!« Ein gutturales Bayrisch.

»Hallo Klaus! Sind Gäste da?«

»Nein, Herr Holthaus. Ist zur Zeit mäßig. Keine Messe.«

»Macht nichts.« Sie schritten durch einen kleinen Vorraum und betraten dann die Bar, ein Rechteck von vielleicht zehn mal fünfzig Metern. Ganz in Weiß, mit noch mehr Marmor und Säulen. Vor der langen Theke standen zwanzig leere Barhocker, und dreißig Augen richteten sich auf sie. Sie gehörten fünfzehn Frauen, die auf weißen Polstergarnituren saßen. Die meisten von ihnen rauchten. Dazu säuselte instrumentale Hitparadenmusik.

»Ist Ute da?« wandte sich Holthaus an den Bayern.

»Vorhin gekommen. Sie zieht sich gerade um.«

»Sag ihr, daß wir sie sprechen wollen!«

Der Bayer verschwand hinter einem Vorhang, der der Eingangstür gegenüberlag. Holthaus und Lubitsch setzten sich auf zwei Barhocker. Eine schwarzhäutige Frau stand auf und ging zu einem kleinen Podest mit Spiegel. Ohne große Kraftverschwendung bewegte sie sich im Rhythmus der Musik.

Der Bayer kam mit einer großen Blondine im Schlepptau zurück, die einen weißen Badeeinteiler mit Fransen trug. Sie wirkte unsicher, als Holthaus sie bat, sich zwischen die beiden Männer zu setzen.

»Ist was nicht in Ordnung, Herr Holthaus?« fragte sie mit einem verkrampften Lächeln. Mit der rechten Hand wischte sie sich eine Haarsträhne aus den Augen.

»Alles in Ordnung, Ute, alles in Ordnung. Wir haben nur ein paar Fragen an dich.«

»Fragen? Was für Fragen?« Sie warf einen kurzen Blick auf Lubitsch und drehte sich schnell wieder zu Holthaus um.

»Es geht um Pancic. Du hast doch mal für ihn gearbeitet.«

»Puh! Erinnern Sie mich bloß nicht daran! Die Geschichte möchte ich am liebsten vergessen.«

»Du hast ihn mal getroffen, nicht wahr?«

»Wenn man sowas ›getroffen‹ nennen kann. Er hat mich getroffen, und zwar ins Gesicht.«

»Wie sah er aus?« mischte sich Lubitsch ein.

»Nun, in seinem Schlafzimmer war, wie soll ich sagen, die Beleuchtung indirekt. Groß, kräftig, dunkle Haare, so 'n Balkan-Typ eben. Aber ich hab nicht genau hingeguckt.«

»Besondere Kennzeichen? Ein Muttermal im Gesicht? Tätowierungen?«

»Nee, ist mir nicht aufgefallen. Warum wollen Sie das alles wissen?«

Im Vorraum erhoben sich Stimmen. Der Bayer brüllte etwas, und ein Gejohle antwortete ihm. Sekundenbruchteile später flog der Bayer in die Bar. Er krachte mit dem Kopf gegen die Theke und blieb benommen liegen.

»Scheiße«, sagte Holthaus.

Zwei Kolosse mit blonder Kürzesthaarfrisur standen in der Tür. Sie trugen graue Montur, Springerstiefel und Baseballschläger.

»Sperrstunde«, brüllte der eine. Wie viele muskulöse Männer hatte er eine piepsige Stimme.

Der zweite machte einen Ausfallschritt nach vorn und zerdepperte mit seinem Baseballschläger einen Barhocker.

»Ruf die Polizei an!« schrie Holthaus der Thekenfrau zu und rutschte von seinem Hocker.

Blitzschnell war der Schreihals bei ihm und packte ihn an der Krawatte. »Polizei? Du Wichser! Ich geb dir Polizei!«

Mit einem »Uff« nahm Holthaus den Bauchtreffer hin. Er blieb stehen, entweder aus eigener Kraft, oder weil er von der Krawatte hochgehalten wurde.

Drei weitere Graugekleidete drängten durch die Tür.

»Los, komm!« sagte Lubitsch zu Ute, packte sie am Arm und zerrte sie Richtung Vorhang.

Die Frauen, die das Geschehen bisher wortlos verfolgt hatten, kreischten auf.

»Gibt es einen zweiten Ausgang zum Hof?« fragte Lubitsch, als sie hinter dem Vorhang standen.

»Ja, durch das Vorderhaus«, stammelte Ute.

»Geh voran!« Er ließ sie los.

Sie öffnete eine Tür, hinter der sich der Umkleideraum befand. Jetzt rannte sie aus eigenem Antrieb. Die zweite Tür brachte sie in einen Flur, der mit Teppichen ausgelegt war. Eine Treppe führte nach oben. Sie zeigte auf eine schwere Holztür. »Die Tür zum Hof.«

»Du kommst mit!« sagte Lubitsch. Er griff nach ihrer feuchtkalten Hand und zog sie hinter sich her.

Im Hof stand ein einsamer Graugekleideter. Der Baseballschläger tippte in seine linke Handinnenfläche. »Schön wieder reingehen, Mister! Is' nix mit Abhauen.«

»Geh zu dem blauen Audi!« flüsterte Lubitsch Ute zu. Dann näherte er sich unterwürfig dem Skin. »Ich bin hier nur Gast, wissen Sie. Ich habe damit nichts zu tun.«

»Tut mir leid, Sie müssen drinbleiben. Wir wollen kein Aufsehen in der Nachbarschaft.«

Der Skin war sich seiner Sache sicher und sah die Handkante erst, als sie sich unmittelbar vor seiner Nase befand. Das Nasenbein gab mit einem Knirschen nach. Lubitsch schickte einen linken Körperhaken hinterher und trat dem Jüngling in die Eier. Als er auf dem Boden ankam, war Lubitsch schon bei seinem Auto.

Ute zitterte am ganzen Körper.

»Die Heizung kommt bald«, sagte Lubitsch.

»Das ist der Schreck.« Sie klapperte ein bißchen mit den Zähnen.

Lubitsch fuhr durch die schwach beleuchtete Aprilnacht. Wohin, wußte er nicht.

»Ganz ruhig! Wir haben's ja überstanden.«

»Wie Sie den fertiggemacht haben. Das sah aus – wie im Fernsehen.«

»Er war nicht drauf gefaßt. Eigene Dummheit. Sag mal, geht's hier Richtung Innenstadt?«

»Nee, Innenstadt ist die andere Richtung.«

Lubitsch stoppte und wendete den Wagen.

Ute kaute auf der Unterlippe. »Was wohl mit Holthaus passiert ist?«

»Keine Angst, die waren nicht auf Totschlag aus. Die wollten einschüchtern.«

»Aber warum?«

»Vielleicht steckt Pancic dahinter.«

»Pancic. Immer wieder Pancic. Dem Kerl sollte man das Handwerk legen.«

Die Straßenlaternen wurden wieder zahlreicher und verbreiteten ein milchiges Licht.

»Als Pancic dich kommen ließ, wie lief das genau ab?«

»Sein Oberfuzzi kam vorbei.«

»Name?«

»Sebisch. Mirko Sebisch. Ein echter Leipziger. Ist er stolz drauf.«

»Wo war das?«

»Im ›Frivol‹. Ein Sauna-Club in Schleussig, hier ganz in der Nähe.«

»Erzähl weiter!« sagte Lubitsch.

»Na ja, Sebisch sagte: ›Pack deine Sachen! Der Boß braucht eine Sonderbehandlung.‹ Ich wollte nicht. Er hatte vorher schon mal eine aus dem ›Frivol‹ abgeholt. Die konnte dann eine Woche nicht arbeiten, weil sie so ein geschwollenes Gesicht hatte. Aber Sebisch sagte: ›Wenn du nicht spurst, kriegst du gleich hier ein paar vor die Fresse!‹ Also bin ich mit.«

»Wohin?«

»Wir sind nach Norden gefahren, soviel habe ich mitgekriegt. Aber es war stockdunkel, und ich bin ja nicht von hier. Ich stamme aus Rostock, wissen Sie. Meine Familie muß ja nicht wissen, womit ich mein Geld verdiene. Für die mache ich eine Ausbildung als Fremdsprachenkorrespondentin.«

Lubitsch machte »Hmm«.

»Ich achtete nicht besonders auf die Straßen. Ich hatte eine Scheißangst. Irgendwann standen wir jedenfalls vor einem Tor, so ein hohes, elektrisches, das automatisch aufgeht. Am Tor lungerten zwei Typen herum, die grinsten. Ich wär am liebsten unter den Sitz gekrochen. Ich fühlte mich beschissen, das können Sie mir glauben.«

Eine Träne kullerte über ihre Wange, und Lubitsch sagte: »Und dann?«

»Drinnen war noch ein Typ. Der brachte mich hoch. Pancic lag auf seinem Bett. Das Schwein.« Sie heulte los.

»Okay, das war eigentlich schon alles, was ich wissen wollte. Soll ich dich nach Hause bringen?«

»In *dem* Aufzug?«

Lubitsch schaute kurz auf ihr franseliges Arbeitskostüm. »Ich leihe dir meine Jacke. Wo wohnst du?«

»In Mockau.«

Das Haus stammte aus der Gründerzeit und sah von außen ganz passabel aus. Erst im Hausflur offenbarten sich die Versäumnisse der DDR-Zeit. Einige Fenster waren zu Bruch gegangen und durch Plastikfolien ersetzt worden, die ehemals gediegene Holztreppe hatte sich verzogen und eine grauschwarze Farbe angenommen.

»Das Dach war kaputt, und niemand hat es repariert«, erzählte Ute, als sie die Treppe hinaufstiegen. »Immer, wenn es regnete, floß das Wasser die Treppe hinunter.«

Ute schloß die Tür zu ihrer Wohnung auf, und Lubitsch staunte. Die Wohnung war riesig, den Fußboden bedeckte Parkett, und die Einrichtung sah nicht gerade billig aus.

Ute bemerkte sein Erstaunen. »Mein Vormieter hatte gute Beziehungen. Auch in der DDR konnte man anständig wohnen, wenn man die richtigen Leute kannte. Die Möbel habe ich auf Kredit gekauft, aber ich verdiene ja nicht schlecht, und die Miete ist verhältnismäßig günstig. Wer weiß, wie lange noch.«

Sie führte ihn in das Wohnzimmer. »Ich zieh mich nur rasch um. Bin gleich wieder da.«

Lubitsch schaute sich um. Von der Ledergarnitur über den Videorecorder bis zum Hifi-Turm war alles da, was das Herz des modernen Menschen begehrte. Er fragte sich, welche Vorstellungen ihre Familie wohl vom Gehalt einer Fremdsprachenkorrespondentin hatte.

Als sie zurückkam, trug sie schwarze Leggins und ein graues Wollkleid. Ihr Haar sah schlichter aus. Sie gab ihm die Anzugjacke zurück. »Vielen Dank! Wir haben uns noch gar nicht vorgestellt. Ich heiße Ute Lämper.«

»Andreas Thewald«, sagte Lubitsch.

»Möchten Sie etwas trinken?«

Lubitsch guckte auf seine Armbanduhr. »Ich habe nicht viel Zeit. Aber für einen Kaffee reicht es noch.«

Sie ging in die Küche und warf die Kaffeemaschine an. Während die Maschine blubberte, schob sie eine CD in den Player. Das übliche Gedudel: Männer mit hohen und Frauen mit tiefen Stimmen. Sie hatte ein Sektglas in der Hand. »Nach der Aufregung brauche ich etwas zur Entspannung. Wie wollen Sie Ihren Kaffee?«

»Schwarz«, sagte Lubitsch.

Die Untertasse war randvoll mit Kaffee gefüllt.

»Entschuldigen Sie, aber ich zittere immer noch.«

Lubitsch lächelte. »Ich habe mich auch ganz schön erschreckt.«

»Den Eindruck hatte ich gar nicht. Sie waren so – cool.«

»Äußerlich. Ich glaube, in einer solchen Situation handelt man instinktiv.«

»*Ich* hätte das nicht gebracht.«

Lubitsch antwortete nicht, und beide überbrückten die Pause mit einem Schluck aus ihren jeweiligen Gefäßen.

»Ich will ja nicht indiskret sein«, setzte Ute Lämper wieder an, »aber was wollten Sie eigentlich im ›Club Venus‹?«

»Ich bin ein Geschäftsmann – aus dem Westen.«

Lämper lachte. »Daß Sie aus dem Westen sind, merkt man gleich.«

»Ich arbeite für eine Firmengruppe, die nach neuen Anlagemöglichkeiten in Leipzig Ausschau hält. In diesem Zusammenhang verhandele ich mit Holthaus.«

»Und welche Rolle spielt Pancic?«

»Er hat uns ebenfalls ein Angebot gemacht. Aber wir haben Zweifel, ob es sich bei ihm um einen seriösen Geschäftsmann handelt. Das versuche ich abzuchecken.«

»Pancic und seriös? Würde mich nicht wundern, wenn der auch mit der Russenmafia Geschäfte macht.«

Lubitsch nickte. »Was Sie erzählt haben, spricht jedenfalls nicht für ihn. Übrigens, könnten Sie mir einen Gefallen tun?«

Sie sah ihn aufmerksam an.

»Morgen wird die Polizei mit Ihnen sprechen. Ich wäre Ihnen dankbar, wenn Sie den Namen Pancic nicht erwähnen würden. Ich war einfach ein Gast, der Sie gerettet und nach Hause gebracht hat. Sie wissen nicht einmal meinen Namen.«

Sie verzog keine Miene. »Die Geschäfte, die Sie machen, sind nicht ganz astrein, oder?«

»Die Geschäfte sind, um in Ihren Worten zu sprechen, astrein, aber ich möchte nicht, daß allzuviele Menschen wissen, daß ich hier bin. Herr Holthaus wird Ihre Diskretion zu schätzen wissen. Und Sie arbeiten doch gern im ›Club Venus‹.«

»Ich hab's verstanden«, sagte sie. »Als Sie mich geduzt haben, haben Sie mir besser gefallen.«

»Bitte?« fragte Lubitsch.

»Vorhin, im Auto, da haben Sie mich geduzt.«

VI

»Eine halbe Stunde«, jammerte Holthaus. »Eine halbe Stunde, bis die Polizei kommt. Wie wollen Sie denn Verbrecher fangen? Zahlen Sie denen Prämien, damit die sich freiwillig stellen?«

»Personalmangel«, knurrte der ältere der beiden Polizisten, »zu wenig Autos, Arbeitsüberlastung. Suchen Sie sich was aus!«

»Der Krankenwagen war schon vor einer Viertelstunde da«, sagte Holthaus und zeigte auf den Notarzt, der sich um den immer noch auf dem Boden liegenden Bayern bemühte.

»Die Kollegen sind halt näher dran«, raunzte der ältere Polizist. »Nun erzählen Sie mal! Was ist passiert?«

»Wir sind von einer Horde Glatzköpfe überfallen worden. Schauen Sie sich die Theke an! Die schöne Einrichtung! Das ist ein Schaden, der in die Zehntausende geht, ach, was sag ich, in die Hunderttausende.«

»Sind auch Personen zu Schaden gekommen, außer dem da? Das ist doch einer von Ihren Leuten, oder?«

»Herr Brettschneider arbeitet für mich, das ist richtig. Er ist brutal zusammengeschlagen worden. Und ich bin ebenfalls geschlagen worden. Die Frauen haben sie gottseidank verschont.«

Der ältere Polizist ließ seinen Blick durch den Raum schweifen. Die Frauen saßen und standen verängstigt in einer Ecke.

»Is' ja nobel«, sagte der jüngere Polizist. Der ältere guckte ihn warnend an.

»Ist das ein Bordell?« übernahm er wieder die Gesprächsführung.

»Wir sind kein Bordell, Herr Wachtmeister, wir sind ein Nachtclub.«

»Hauptwachtmeister«, korrigierte ihn der ältere Polizist.

»Oberwachtmeister«, schloß sich der jüngere an. »Was is'n der Unterschied zwischen einem Bordell und einem Nachtclub?«

Holthaus wurde förmlich. »Zu uns kommen ganz unterschiedliche Gäste. Manche wollen nur etwas trinken und sich unterhalten, andere laden unsere Damen dazu ein, mit ihnen zu trinken.«

»Und mehr passiert nicht?« fragte der jüngere, die wütenden Blicke des älteren standhaft ignorierend.

»Nun ja, die meisten Damen haben drüben im Nebenhaus ein Zimmer gemietet. Wenn sie einen Gast anschließend mit auf ihr Zimmer nehmen, ist das ihre Sache.«

Ein großer Mann mit ungesunder grauer Farbe im porigen Gesicht betrat den Raum. Er war etwa fünfzig Jahre alt und trug einen blauen Anzug unter einem graumelierten Wintermantel und einen grauen Hut. An seiner Seite befand sich ein knapp Dreißigjähriger, der einen halben Kopf kleiner war. Seine Hände steckten lässig in den Taschen einer schwarzen Lederjacke.

Während sie noch am Eingang standen, wurde der Bayer auf einer Bahre an ihnen vorbeigetragen. Der Mann im Mantel hielt den Notarzt auf und wechselte ein paar Worte mit ihm. Dann ging er zu den drei Männern hinüber.

»Oberkommissar Schumann von der Leipziger Kripo«, sagte er in breitem Sächsisch und tippte kurz an seinen Hut. »Das ist Kommissar Fiedler. Sind Sie der Besitzer von diesem Puff?«

»Ich bin der Geschäftsführer«, antwortete Holthaus.

»Und wer ist der Besitzer?«

»Die Leipziger Vergnügungsstätten GmbH.«

»Na dann erzählen Sie mal! Was ist passiert?«

Holthaus stöhnte und schilderte dann in blumigen Worten den Überfall, wobei er für sich selbst die Rolle des heldenhaft Widerstandleistenden wählte. Thewald erwähnte er mit keinem Wort.

Schumann kratzte sich lautstark am Kinn. »Keine Ahnung, wer die Typen waren?«

Holthaus verneinte.

»Sind die vielleicht geschickt worden?«

»Schon möglich, Herr Oberkommissar. Wundern würde es mich jedenfalls nicht.«

»Mich auch nicht«, grummelte Schumann. »Mal raus mit der Sprache! Wer könnte ein Interesse daran haben, Ihren Schuppen auf den Kopf zu stellen?«

Holthaus ließ seine Schultern zucken. »Keine Ahnung, Herr Oberkommissar. Ehrlich.«

»Die Konkurrenz?« forschte Schumann nach.

Holthaus zog theatralisch die Augenbrauen hoch. »Das halte ich für unwahrscheinlich.«

Schumann hob die Stimme. »Ich will Ihnen mal was sagen: Ich war zwar schon zu DDR-Zeiten Kommissar, aber ich bin nicht auf den Kopf gefallen. Letzte Woche sind zwei Männer überfallen worden, die gerade aus Ihrem ›Venus‹ kamen. Und dann hatte ich eine Akte bei mir auf dem Schreibtisch, in der stand, daß die Fenster des Spielsalons ›City 2000‹ von Unbekannten demoliert wurden. Wissen Sie, wem ›City 2000‹ gehört?«

»Natürlich«, sagte Holthaus, »da bin ich ja auch Geschäftsführer.«

»Eben. Wer sind eigentlich die Anteilseigner dieser Vergnügungsstätten GmbH?«

»Geschäftsleute aus Westdeutschland.«

»Das werden Sie mir auch noch genauer erzählen müssen. Aber eines sollten Sie sich merken: Ich dulde keinen Unterwelt-Krieg in Leipzig.«

»Ich muß doch bitten«, protestierte Holthaus. »Wir sind ein seriöses Unternehmen.«

»Wenn ich davon höre«, fuhr Schumann unbeirrt fort, »daß Puffs hochgehen, die nicht der Vergnügungsstätten GmbH gehören, dann trete ich Ihnen gewaltig auf die Füße. Ist das klar?«

Holthaus stützte sich schwerfällig auf einen Barhocker. »Womit habe ich das verdient? Das Opfer wird zum Täter gestempelt. Nannten Sie sowas früher nicht Klassenjustiz?«

»Olaf«, wandte sich Schumann an Kommissar Fiedler, »frag mal die Frauen. Vielleicht wissen die mehr.«

»Die wissen gar nichts«, meldete sich Holthaus.

Schumann bedachte ihn mit einem grimmigen Blick.

Der Wartburg holperte tuckernd über die Schlaglöcher.

»Versuchter Totschlag«, resümierte Oberkommissar Schumann. »Der Mann hat sich den Schädel angeknackst. Aber er kommt durch, meint der Arzt. Die Täter sind kurzrasierte Braunärsche, die entweder aus eigenem Antrieb oder im Auftrag gehandelt haben. Nichts Genaues weiß man nicht.«

»Dieser Geschäftsführer weiß mehr, als er sagt«, sinnierte Kommissar Fiedler.

»Angst«, brummte Schumann. »Der Kerl hat Angst. Ich verwette mein Parteiabzeichen darauf, daß er zumindest ahnt, wer dahintersteckt.«

»Und wie bringen wir ihn zum Reden?« fragte Fiedler.

»Wir nehmen ihn morgen früh nochmal in die Mangel. Aber ich hab wenig Hoffnung.«

Sie schwiegen eine Weile und hörten dem Gestöhn der Stoßdämpfer zu.

»Früher gab's das nicht«, sagte Schumann. »Da war unser Leipzig noch sauber. Na gut, ein paar Nutten im ›Hotel Merkur‹ zu Messezeiten. Die wurden offiziell geduldet.«

»Die SED-Bonzen hatten auch ihren Spaß«, warf Fiedler ein.

»Aber es gab keine organisierte Kriminalität, den ganzen Mist rauf und runter: Prostitution, Zuhälterei, verbotenes Glücksspiel, Drogenhandel. Jetzt kommen die Westdeutschen, die Italiener, die Jugoslawen und reißen sich Leipzig unter den Nagel. Und wir gucken blöd aus der Wäsche.«

Fiedler meldete Widerspruch an: »Schöner war es früher auch nicht. Die Freiheit hat halt ihre Schattenseiten.«

»Ich weiß, ich weiß, keine Marktwirtschaft ohne sozialen Preis, oder wie das heißt. Aber kannst du dir einen Besuch im ›Club Venus‹ leisten?«

»Nee«, lachte Fiedler. »Meine sechzig Prozent Westgehalt reichen dafür nicht. Hast du die Schlitten gesehen, die die Nutten fahren? Das sind andere Kaliber als unser Wartburg.« Er klatschte auf das Lenkrad. »Sag mal, müssen wir den Fall nicht an das LKA abgeben? Organisierte Kriminalität fällt doch in deren Ressort.«

Schumann schnaubte. »Das Landeskriminalamt Sachsen ist eine Behörde im Aufbau. Die sind damit beschäftigt, Schreibtische zu organisieren, und werden von oberschlauen Wessis rumkommandiert. Vorerst handelt es sich um versuchten Totschlag, und dafür sind wir zuständig.«

Sie rumpelten auf den Hof der Polizeidirektion.

»Übrigens, da fällt mir noch was ein«, sagte Fiedler. »Mehrere Frauen haben gesagt, daß sich ein Gast im Club aufhielt, als der Überfall stattfand. Er ist mit einem der Mädchen getürmt.«

Schumann grunzte. »Würd ich auch machen. Ist das Mädchen zurückgekommen?«

»Nein.«

»Vielleicht hatte er schon bezahlt und wollte sich die Gegenleistung nicht entgehen lassen. Stell morgen mal fest, was mit ihr los ist!«

VII

»Hallo, mein Süßer! Gibst du mir einen aus?« Die Schminke konnte die Falten rund um die Augen nicht verdecken. Sie schob sich auf den Barhocker neben Lubitsch.

»Nein.«

»Ooch.« Sie machte einen Schmollmund. »Bist einer von den Sparsamen, was?«

Lubitsch starrte auf sein Bier.

»Wenn du nicht trinken willst, gibt's hier noch andere schöne Sachen. Wir könnten ein bißchen im Whirlpool spielen, und anschließend gebe ich dir eine Massage. Ich lasse bestimmt kein Körperteil aus.« Sie kicherte, obwohl sie den Spruch mindestens zweimal am Abend aufsagte.

»Lassen Sie mich in Ruhe!« sagte Lubitsch.

»Spielverderber.« Die Stimme sackte eine Oktave tiefer und verlor jegliche gekünstelte Erotik.

Als sie vom Hocker rutschte, warf sie der Thekenfrau einen vielsagenden Blick zu. Die schnitt eine Grimasse.

Lubitsch war vor einer Stunde in den ›Club Frivol‹ gekommen und hatte sich nach Mirko Sebisch erkundigt. Die Thekenfrau hatte so getan, als würde sie Sebisch nicht kennen.

Jetzt baute sie sich vor Lubitsch auf. »Noch ein Bier?«

»Nein, danke.«

»Hören Sie mal, wir sind keine Eckkneipe, in der man stundenlang über einem Bier hocken kann. Entweder Sie trinken und gucken sich die Mädels an, oder Sie laden eine Dame ein oder Sie wählen etwas aus unserem Saunaprogramm. Aber nur rumsitzen geht nicht.«

Lubitsch schaute kurz auf. »Ich möchte Sebisch sprechen.«

»Herrgottnochmal, ich habe doch schon gesagt, daß ich keinen Sebisch kenne.«

Lubitsch guckte teilnahmslos.

Die Thekenfrau stapfte wütend davon und kehrte kurze Zeit später an der Seite eines kleinen Männchens zurück, das seinen Schnurrbart keß nach oben gezwirbelt hatte.

»Ich bin der Geschäftsführer«, sagte das Männchen. »Ich höre, es gibt Probleme.«

»Ich möchte Sebisch sprechen«, wiederholte Lubitsch.

Das Männchen pumpte seinen Oberkörper voll Luft und wirkte dadurch etwas größer. »Verlassen Sie bitte den Club!«

»Erst, wenn ich mit Sebisch gesprochen habe.« Lubitsch wirkte ungerührt.

Der Geschäftsführer ließ die Luft wieder ab. Er ahnte, daß sich die Dinge verkomplizieren würden. »Nun machen Sie doch keinen Ärger!« sagte er fast bittend.

Lubitsch drehte sich um. Sein Blick krallte sich in die wässrigen Pupillen des Geschäftsführers, der unwillkürlich ein paar Zentimeter zurückwich. »Ich mache keinen Ärger. Und jetzt rufen Sie Sebisch an!«

Im Kopf des Geschäftsführers überschlugen sich die Gedanken. Sollte er den Rausschmeißer holen oder die Polizei? Dieser Mann war gefährlich, das stand fest. »Herr Sebisch kommt gelegentlich vorbei. Ich weiß selbst nicht, wann er das nächste Mal kommt.«

»Dann warte ich.«

Bei seinem Abgang vermied der Geschäftsführer den Augenkontakt mit der Thekenfrau, die ihre Hände entrüstet in die Hüften gestemmt hatte.

Ein leichtes Zucken umspielte Lubitschs Mundwinkel. »Wetten, daß Sebisch in der nächsten halben Stunde aufkreuzt?«

Die Thekenfrau würdigte ihn keines Blickes.

Der Geschäftsführer trippelte heran, wobei er nervös an seinem Schnurrbart zupfte. »Herr Sebisch ist in meinem Büro. Wenn Sie mir bitte folgen würden!«

Sie gingen durch einen langen Flur, der mit stickiger Luft angefüllt war. Plakate, die sporadisch bekleidete Frauen zeigten, verdeckten die blutrote Tapete. Hinter den Türen links und rechts kicherte oder stöhnte es gelegentlich. Am Ende des Flures öffnete der Geschäftsführer eine Tür und ließ Lubitsch den Vortritt.

Das Büro war geräumig, aber nicht protzig. An einer der Seitenwände befand sich eine lange Reihe von Monitoren. Die meisten zeigten leere Betten oder leere kreisrunde Wasserbassins. Auf einigen Bildschirmen wurden die Wasserbassins von einem Mann und ein bis drei

Frauen bevölkert, andere zeigten Betten, auf denen Paare ineinander verkrallt waren.

Auf dem Sessel, den der Geschäftsführer geräumt hatte, lümmelte sich ein Mann von unbestimmbarem Alter. Die langen blonden Haare gaben ihm etwas Jugendliches. Ein Eindruck, der sofort zerstört wurde, wenn man in seine hellblauen Fischaugen blickte. Er trug ein weiches hellbraunes Wildledersakko und ein bis fast zum Bauchnabel geöffnetes Hemd mit Blumenmotiven. Auf der gebräunten Brust baumelte ein Goldkettchen. Rechts hinter ihm stand ein Mann mit quadratischem Oberkörper und extrem niedrigem Haaransatz.

»Ich bin Mirko Sebisch«, sagte der Mann auf dem Sessel. »Und wer sind Sie?«

Lubitsch spreizte leicht die Beine. Den Daumen der rechten Hand hakte er hinter den Gürtel. »Andreas Thewald. Meine Freunde nennen mich Andy.«

Sebisch stand auf und ging um den Schreibtisch herum. Dabei nahm er einen Brieföffner von der Tischplatte und entfernte etwas Dreck unter dem linken Daumennagel. Einen halben Meter vor Lubitsch blieb er stehen. »Ich war mit etwas sehr Wichtigem beschäftigt, Andy, als mich Anton anrief. Oder, sagen wir so, mit etwas, bei dem man sich nicht gerne stören läßt. Du verstehst, Andy?« Er lachte ein Lachen, das seine kalten Augen nicht erreichte. Und plötzlich wurde seine Stimme hart. »Ich rate dir dringend, Andy, daß du mir etwas noch Wichtigeres zu sagen hast, sonst...«, er drückte Lubitsch die Spitze des Brieföffners auf die Brust, »...werde ich sauer, echt sauer.«

»Ich suche Arbeit«, sagte Lubitsch.

Sebisch guckte überrascht. »Du suchst Arbeit? Und warum kommst du da ausgerechnet zu mir? Bin ich das Arbeitsamt oder was? Was kannst du denn? Klos putzen?« Er drehte sich lässig um. »Brauchst du einen neuen Kloputzer, Anton?«

Lubitsch gestattete sich ein Lächeln. »Ich bin gut. Als Rausschmeißer, als Bodyguard, überall da, wo andere den Schwanz einkneifen.«

Sebisch überlegte. »Wer hat dir meinen Namen gesagt?«

»Ich habe mich in der Szene umgehört. Hier findet doch ein kleiner Krieg statt, Sie gegen Holthaus. Außerdem war ich vorhin im ›Club Venus‹. Der Überfall der Glatzköpfe geht auf Ihr Konto, richtig?«

Sebisch sagte nichts.

»Na ja«, fuhr Lubitsch fort, »Sie müssen's mir nicht erzählen. Offen gesagt, ich habe auch mit Holthaus geredet. Aber ich hatte den Eindruck, daß er auf der Verliererstrecke ist. Und ich gehöre gern zu den Gewinnern.«

Sebisch setzte sich auf die Schreibtischkante. »Warum habe ich noch nie etwas von dir gehört?«

»Ich bin erst seit ein paar Tagen in Leipzig. Vorher habe ich in Westdeutschland gearbeitet.«

»Wo?«

»Mal hier, mal da. Zuletzt bei Johnny Berger in München. Das war ein guter Job. Leider habe ich einmal zu hart zugeschlagen. Berufsrisiko.«

»Das zieht bei mir nicht«, sagte Sebisch. »Typen, die große Sprüche klopfen, begegne ich jeden Tag. Aber wenn's zur Sache geht, sind sie weich wie Pudding.«

Lubitsch nickte. »Mal angenommen, die Glatzköpfe gehören tatsächlich zu Ihnen. Fragen Sie mal, was mit dem Kleinen passiert ist, der den Parkplatz bewachen sollte!«

»Du hast ihn fertiggemacht?«

»Er wollte nicht, daß ich in mein Auto steige.«

Sebisch scheuerte sich am Kinn. »Na gut. Vielleicht bist du tatsächlich ein harter Typ. Aber wer sagt mir, daß du nicht in Wirklichkeit für Holthaus arbeitest?«

Der Gorilla hinter dem Schreibtisch grunzte. Aber er war viel zu langsam. Seine Hand wühlte noch unter der Jacke, als der Lauf von Lubitschs Pistole schon am Hals von Sebisch klebte. »Dann«, sagte Lubitsch, »hättet ihr drei nicht die Spur einer Chance.« Er steckte die Pistole wieder ein.

»Ruf mich morgen mittag an!« sagte Sebisch. »Anton gibt dir die Nummer.«

Lubitsch blieb vor dem verschlossenen Hoteleingang stehen und schnupperte die schwefelhaltige Luft. Nach einer Weile kam der Nachtportier zur Tür geschlurft. Er verlangte, daß Lubitsch seinen Hotelausweis zeigen solle.

»Wir sind im letzten Monat zweimal überfallen worden«, grummelte er, nachdem er aufgeschlossen hatte. »Leipzig ist ein heißes Pflaster geworden.«

»Habe ich nichts von gemerkt«, sagte Lubitsch.

»Ist aber so.« Der Nachtportier schlurfte zurück zum Tresen. »Früher war das anders. In der DDR gab es keine Überfälle. Wissen Sie auch, warum? Weil die Gangster zehn Jahre auf ihr Fluchtauto warten mußten.«

Lubitsch lachte aus Höflichkeit mit. Er nahm den Zimmerschlüssel und stieg die Treppe hinauf. Eine halbe Stunde lag er mit offenen Augen im Bett, dann griff er zum Telefon. Der Thekenmann vom ›Cher ami‹ holte Roberta an den Apparat.

»Wie geht's?« fragte Lubitsch.

»Gut«, sagte Roberta.

»Wohnst du wieder in der Wohnung?«

»Ja, solange du nicht da bist.«

»Ich komme bald zurück, und dann bleibe ich für lange Zeit.«

Roberta seufzte. »Das hast du schon oft gesagt.«

»Diesmal stimmt es. Ich liebe dich.«

Die Leitung knackte und knisterte. »Ich liebe dich auch.«

VIII

Auf dem zehn Meter breiten Bürgersteig am Georgiring saß eine Roma-Familie mit geöffneten Händen. Ein alter Mann baute sich vor ihr auf, guckte nach links und rechts, um sicher zu sein, daß er auch Zuhörer hatte, und sagte mit erhobener Stimme: »Euch sollte man nach Serbien jagen!«

Ein Teenager klatschte ihm auf die Schulter. »Richtig, Opa!«

Lubitsch ging weiter bis zur Hauptpost. Vor den Telefonhäuschen standen lange Schlangen. Als er endlich an die Reihe kam, war die Luft im Inneren unerträglich.

Sebisch gähnte ins Telefon.

»Andy hier. Haben Sie sich entschieden?«

»Ach, du bist das.« Der Mann am anderen Ende hustete und würgte etwas Zähes aus der Lunge hoch. »Scheiß Raucherei. Ich habe mit Berger gesprochen. Er kennt dich nicht.«

Lubitsch lachte. »Natürlich kennt er mich nicht. Meinen Sie, er erzählt jedem, daß ich für ihn gearbeitet habe? Dann wäre er nicht Johnny Berger.«

Sebisch röchelte erneut. »Die ›Venus‹-Geschichte könnte hinhauen. Das kleine Stinktier hat sich das Nasenbein gebrochen. Und außerdem bist du schnell, wie ich gemerkt habe. Der Boß hat jedenfalls nichts dagegen, daß du bei uns anfängst.«

»Welcher Boß?«

»Hast du gedacht, ich wär der Boß?« Die Stimme triefte vor Selbstgefälligkeit.

»Na klar.«

»Nee. Ich bin nur die rechte Hand vom Chef. Aber in Leipzig hört alles auf mein Kommando. Also halt dich an mich, wenn du ein Problem hast!«

»Was soll ich machen?«

»Der Boß hat eine Villa mit großem Garten. Er möchte nicht, daß er ungebetene Gäste bekommt.«

»Sie meinen, ich soll im Garten durch die Beete laufen?«

»So in etwa. Später kriegst du vielleicht einen anderen Job.«

»Ist nicht unbedingt meine Stärke, mir die Füße plattzustehen«, sagte Lubitsch. »Ich bin lieber da, wo action ist.«

»Sachte, sachte, Andy! Die action kommt noch früh genug.« Sebisch nannte Lubitsch die Adresse und beschrieb ihm den Weg. »Vergiß nicht: heute abend um acht!«

Das konnte ja nicht besser kommen, dachte Lubitsch. Zufrieden lächelte er in das Gesicht einer frustrierten Frau. Sie hatte schon die Hand ausgestreckt, um die Zellentür zu halten, als er erneut wählte.

Der nächste Anruf galt Almstedt.

»Ich bin an ihm dran«, sagte Lubitsch.

»Hoffentlich.« Almstedt hatte schlechte Laune. »Die Sauerei gestern abend hast du ja mitgekriegt. Noch so ein paar Dinger, und wir können unsere Läden dichtmachen. Holthaus hat mich heute morgen vollgejammert. Welchen Eindruck hast du von ihm?«

»Ein Weichei«, sagte Lubitsch.

»Ich glaube auch, er ist überfordert.«

»Ich werde den Kontakt zu ihm abbrechen«, sagte Lubitsch. »Ich arbeite lieber allein.«

»Du bist der Experte. Wenn es etwas Wichtiges gibt, ruf mich an! Hast du eine Vorstellung, wann du zu einem Abschluß kommst?«

»Ich hoffe, daß ich in ein bis zwei Wochen zurück bin.«

»Na endlich«, sagte die Frau, als Lubitsch die Zelle verließ. »Ich dachte schon, Sie wollten den ganzen Tag telefonieren.«

Lubitsch ging zum Hotel zurück und setzte sich in sein Auto. Das Ringsystem war völlig verstopft. Über den Tröndlin- und den Martin-Luther-Ring quälte er sich Richtung Süden. In Connewitz wurden die Straßen leerer. Er parkte das Auto zweihundert Meter vom Computerladen ›Soft + Ware‹ entfernt und schlenderte über die Windscheidstraße. Als er sicher war, daß niemand den Laden beobachtete, betrat er den Geschäftsraum.

Der Jüngling mit dem Pferdeschwanz fachsimpelte mit einem Fleischkoloß über Festplatten. Kaum hatte er Lubitsch erblickt, griff er auch schon zum Telefon und murmelte ein paar Worte hinein. Mit dem Kinn winkte er Lubitsch durch.

Holthaus saß vor einer halbleeren Schnapsflasche. Mit glasigen Augen starrte er Lubitsch an. »Willste auch einen?«

»Nein. Und du trinkst auch nichts mehr.«

»Was ist los?« Es sollte energisch klingen, war aber nur ein matter Protest.

»Ich sage nicht gern alles zweimal. Also stell die Flasche weg!«

Lubitsch setzte sich so, daß Holthaus nicht an ihm vorbeigucken konnte. Die Flasche verschwand in einem Fach des Schreibtisches.

»Nach so einer Nacht darf man sich doch mal ein Schlückchen genehmigen«, murmelte Holthaus. »Du hast dich verpißt, als es brenzlig wurde. Und wer hat die Prügel abgekriegt? Guck mich an! Ich war so doof, mich den Scheißkerlen in den Weg zu stellen.«

Außer einem Pflaster über der rechten Augenbraue konnte Lubitsch keine Verletzungen entdecken.

»Den Bayer hat's noch schlimmer erwischt«, fuhr Holthaus fort. »Der liegt auf der Intensivstation. Ich hab die Schnauze voll, das sag ich dir. Am liebsten würde ich den Krempel hinschmeißen.«

Lubitsch guckte ihn an. »Was hast du der Polizei gesagt?«

»Nichts. Kein Sterbenswörtchen. Daß ich keine Ahnung hätte, wer dahinterstecken könnte. Den ganzen Schmus.«

»Weiß die Polizei, daß ich im ›Venus‹ war?«

»Na ja, einige Frauen haben dich erwähnt.« Holthaus massierte seinen rechten Oberarm. »Und heute morgen haben sie Ute in die Mangel genommen. Sie hat mich vorhin angerufen.«

»Was hat sie gesagt?«

»Daß du sie nach Hause gebracht hast, nichts weiter. Ute ist in Ordnung. Auf die kannst du dich verlassen.«

Lubitsch nickte. »Gut. In Zukunft arbeite ich völlig allein. Du wirst mich nicht mehr sehen.«

Holthaus wurde bleich. »Hör mal, ich hab doch nichts vermasselt, oder? Hast du mit Almstedt über mich gesprochen? Was hätte ich denn tun sollen?«

Lubitsch beugte sich vor und gab Holthaus einen Klaps auf die Wange. »Es ist alles in Ordnung. Mach dir keine Sorgen! Aber laß den Schnaps weg! Du mußt einen klaren Kopf behalten.«

Holthaus schluckte. »Ich trinke keinen Tropfen mehr. Ehrlich. Und was ich vorhin gesagt habe, von wegen Krempel hinschmeißen und so, das war natürlich nicht ernst gemeint. Ich bleibe an der Front. So schnell kriegen die mich nicht klein.«

Lubitsch stand auf und grinste. »Du bist unser Mann.«

Als die Stahltür zuschlug, sackte Holthaus in sich zusammen. Mit zittrigen Fingern öffnete er das Schreibtischfach und umklammerte die Schnapsflasche. Da spürte er etwas Hartes in seinem Rücken. Das war das Ende. Japsend griff er sich ans Herz.

»Paß auf dich auf!« sagte Lubitsch.

Mit schreckensgeweiteten Augen und offenem Mund drehte sich Holthaus um. Der Killer hatte ihm einen Finger in den Rücken gedrückt.

IX

»Was haben die Scheiß-Vietnamesen hier zu suchen? Stehen auf dem Sachsenplatz und verkaufen geschmuggelte Waren: Zigaretten, T-Shirts, den ganzen Plunder. Ich finde, daß Deutsche bei Deutschen kaufen sollten. Ist doch entwürdigend, wenn ein Deutscher seine Schachtel Marlboro bei einem Vietnamesen kaufen muß.«

»Ich diskutiere mit dir nicht über Politik«, sagte Oberkommissar Schumann. »Es geht um Sachbeschädigung und Körperverletzung.«

»Ach nee, Sie diskutieren nicht über Politik. Aber das, was wir tun, ist was Politisches. Persönlich hab ich gar nichts gegen die Vietnamesen. Aber die gehören nach Vietnam. Fragen Sie doch das Volk! Die breite Mehrheit steht hinter uns. Wer will schon neben einem Asylantenheim wohnen? Wenn eins von diesen Dingern plattgemacht wird, klatschen die braven Bürger Beifall.«

»Mir kommt das Kotzen«, sagte Kommissar Fiedler. »Wenn du mit dem rechtsradikalen Geschwafel nicht aufhörst, kriegst du eine deutsche Faust ins Gesicht.«

»Ey, Mann, Sie sind doch ein deutscher Polizist. Wir müssen zusammenhalten. Deutschland den Deutschen!« Er wandte sich an Schumann. »Oder ist der etwa von der Stasi? Einer von diesen Roten, die sich rübergerettet haben?«

Fiedler sprang auf, aber Schumann trat dazwischen. »Laß gut sein!« Er drückte Fiedler auf den Stuhl zurück.

»Und nun zu dir, mein Sohn. Jetzt wollen wir mal den Sachverhalt klären, ohne jede Ideologie.«

Der schmächtige Skin hieß Daniel Haber und war siebzehn Jahre alt. Er trug die volle Montur: Bomberjacke, Springerstiefel und ein Lederkoppel mit deutschem Adler drauf. Zusammen mit fünf anderen Skins hatte er einige Vietnamesen überfallen, die ihre Verkaufsstände auf dem Sachsenplatz in der Innenstadt aufgebaut hatten. Die einfachen Tapeziertische gingen unter den Schlägen der Skins sofort zu Bruch, und die Waren kullerten auf dem Boden herum. Aber die Vietnamesen flüchteten nicht, sondern setzten sich zur Wehr. So kam es zu einem Handgemenge, bei dem zwei Vietnamesen verletzt wurden. Um den Ort des Geschehens bildete sich eine Traube von gaffenden Zuschauern, und zwei Polizisten, die in der Nähe standen, fühlten sich bemüßigt, nach dem Rechten zu sehen. Zufällig fiel Daniel Haber vor ihre Füße, und so kamen sie nicht umhin, ihn zu verhaften. Als Oberkommissar Schumann von der Festnahme hörte, ließ er Haber in sein Büro bringen. Jetzt saß der Skin in dem kleinen, spartanisch eingerichteten Raum, und allmählich dämmerte ihm, daß die Lage ernster war, als er zuerst angenommen hatte.

Schumann beendete seine Ausführungen: »Das gibt eine satte Jugendstrafe, glaub nicht, daß du mit deinen siebzehn Jahren nicht haftfähig bist...«

Haber starrte auf seine Fingernägel.

Fiedler sagte ganz ruhig: »Du warst doch auch bei dem Überfall auf das Bordell in Klein-Zschocher dabei, den ›Club Venus‹.«

Der Skin leckte sich über die Unterlippe. »Hey, Leute, was geht hier ab? Wollt ihr mich zum Schwerverbrecher stempeln, oder was?«

Schumann stellte seinen Stuhl neben den von Haber und setzte sich rittlings darauf. »Warst du, oder warst du nicht?«

»Ich war nicht dabei. Ich kenne überhaupt keinen ›Club Venus‹.«

»Gerade hatte ich einen anderen Eindruck. Wir können dich Augenzeugen gegenüberstellen. Vielleicht erkennt dich jemand wieder.«

»Ich will einen Anwalt.« Das klang ziemlich kleinlaut.

»Paß mal auf!« sagte Schumann. »Du gehst doch aufs Gymnasium, kannst also nicht völlig blöd sein. Ich mache dir jetzt einen Vorschlag. Wenn du darauf eingehst, vergessen wir die Vietnamesen-Geschichte.«

»Sowas wie 'n Deal?« fragte Haber.

Schumann guckte Fiedler an. Der nickte.

»Von mir aus, nenn es einen Deal. Du erzählst mir alles über den Überfall auf das ›Venus‹, die Hintergründe, die Drahtzieher, einfach alles.«

»Ich weiß nicht viel. Ich bin ja nur eine kleine Nummer in unserer Organisation. Ich krieg meine Befehle.«

»Von wem?«

Haber verdrehte die Augen. »Die haben doch alle gesehen, daß ich verhaftet wurde. Wenn ich jetzt einen Namen nenne, und Sie kassieren den ein, dann weiß jeder, daß ich ihn ans Messer geliefert habe. Und mit Verrätern machen wir kurzen Prozeß.«

Schumann legte ihm eine Hand auf die Schulter. »Keine Sorge! Wir möchten ja nicht, daß du unter die Räder kommst. Vorläufig werden wir nichts unternehmen.«

»Ich kann das nicht«, jammerte Haber. »Ich bin kein Kameradenschwein.«

»Laß ihn abführen!« sagte Fiedler gereizt. »Das hat keinen Zweck.«

»Ein Name«, beschwor Schumann den Skin. »Sag mir nur, wer euer Boß ist!«

»Und niemand erfährt, daß ich gequatscht habe?«

»Niemand«, bekräftigte Schumann.

»Ehrenwort?«

»So wahr ich Robert Schumann heiße.«

Der Skin kroch fast unter den Tisch. »Gruppenführer ist der Bernd Bäcker, der ist auch in der Partei. Wir anderen sind keine Parteimitglieder. Ich meine, bei Aufmärschen mitmachen oder sich mit Roten prügeln, das ist eine Sache, aber in irgendwelchen Hinterzimmern sitzen und über Papiere diskutieren, da hab ich keinen Bock drauf.«

»Ich denke, du bist so ein politischer Mensch«, warf Fiedler ein.

Schumann brachte ihn mit einem Blick zum Schweigen.

»Nun erzähl mal von Anfang an! Wie war das mit dem ›Venus‹?«

»Eines Abends sagte der Bernd, wir sollten da mal aufräumen.«

»Wieso gerade der ›Club Venus‹?«

»Weiß ich nicht. Es war ja nicht das erste Mal...«, Haber stockte.

»...daß ihr so etwas gemacht habt«, vollendete Schumann den Satz. »Gehörte der Spielsalon ›City 2000‹ zu euren vorherigen Aufträgen?«

Der Skin kaute auf seiner Unterlippe.

»Lassen wir mal den Spielsalon beiseite! Es muß doch eine Begründung dafür geben, welche Ziele ihr angreift. Schließlich ist der ›Club Venus‹ keine linke Hochburg.«

»Da vergnügt sich das westdeutsche Kapitalistenpack. Die können wir genauso wenig leiden.«

»Ist das der einzige Grund?«

Haber druckste herum. »Nicht ganz.«

»Raus mit der Sprache! Bislang hast du uns noch nicht genug geboten.«

»Jemand bezahlt dafür.«

Schumann warf Fiedler einen Blick zu. Seine grauen Augen funkelten triumphierend. »Wer?«

»Ich weiß es nicht, ehrlich. Bernd sagt uns nicht, wer es ist. Das meiste geht sowieso in die Parteikasse. Wir kriegen nur einen kleinen Teil. Der geht dann drauf für die Siegesfeier nach jeder erfolgreichen Aktion.«

»Verarsch uns nicht!« drohte Fiedler. »Ohne den Namen kommst du hier nicht raus.«

»Mann, wenn ich's doch sage: Ich kenne ihn nicht. Niemand kennt ihn, außer Bernd. Ich hab sowieso schon viel zuviel gesagt. Wenn die Kameraden erfahren, daß ich sie verpfiffen habe, bin ich ein toter Mann.«

»Und die Bewegung hat einen neuen Märtyrer«, sagte Fiedler.

»Ich will dir mal glauben«, schaltete sich Schumann ein. »Wenn du uns den Namen nicht geben kannst, mußt du uns etwas anderes liefern: Euer nächstes Ziel und den genauen Zeitpunkt.«

»Au Scheiße!« Haber kratzte sich den glattrasierten Schädel. »Ist das dann wirklich alles?«

»Ja«, sagte Schumann.

»In Connewitz gibt's doch die besetzten Häuser, in denen die Autonomen hocken.«

»Na und?«

»Wir werden sie ausräuchern. Wir können nicht dulden, daß sich diese Linken in Leipzig breitmachen und einfach Häuser besetzen. Wir werden ihnen zeigen, daß wir die Stärkeren sind.«

»Wann?«

»Übermorgen. Am späten Abend.«

Schumann atmete tief aus. »Na gut. Du kannst gehen. Auf dem Flur warten deine Eltern auf dich.«

»Meine Oldies? Das nervt ja tierisch. Was wollen die denn hier?«

»Dich abholen.« Schumann geleitete den Skin zur Tür. »Ich hätte auch nichts dagegen, wenn dein Vater dich verprügeln würde.«

Er öffnete die Tür. Ein beleibtes Paar, das auf einer Bank gesessen hatte, erhob sich. Die Mutter breitete die Arme aus: »Daniel!«

Der Skin ließ sich umarmen.

»Mein Junge! Was haben sie mit dir gemacht?«

Währenddessen klopfte ihm der Vater auf den Rükken: »Ich bin stolz auf dich, mein Sohn!«

X

Lubitsch ging es wieder schlechter. Er hatte schon vier Tabletten geschluckt, aber noch immer fühlte er sich wie im Inneren einer riesigen Flasche. Eine dicke Glasschicht trennte ihn von der übrigen Welt, und um ihn herum war eine hallende Leere. Er war das Objekt eines gigantischen Laborversuchs, bei dem ihm permanent Energie abgezapft wurde.

Er stoppte den Wagen und stieg aus. Schweratmend lehnte er sich gegen die Seitentür. Nur nicht den Kopf verlieren, dachte er. Es ist ein kleiner Anfall, nichts weiter. Wenn du Pancic siehst, geht es dir wieder besser. Du bist ein Bluthund, ein gottverdammter Bluthund.

Er machte ein paar Schritte auf und ab und wischte sich den kalten Schweiß von der Stirn. Die lähmende Angst ließ etwas nach. Er schaute auf seine Armbanduhr. Viertel vor acht. Er mußte sich beeilen.

Noch drei Kilometer bis Kursdorf. Sebisch hatte ihm den Weg von Schkeuditz aus beschrieben. An der ersten Ampel in Kursdorf fuhr er nach links, kam durch ein nachtschlafenes Wohngebiet. Um acht Uhr abends war hier schon tote Hose. In den Fenstern glühten violette, grüne und rote Neonröhren. Ein Hochhaus sah aus wie ein mißglückter Weihnachtsbaum. Lubitsch suchte die Hausnummern ab. Da vorne mußte es sein. Er parkte den Wagen am Straßenrand und ging zu dem hellerleuchteten Tor, das offensichtlich nicht aus DDR-

Zeiten stammte. Kein Namensschild. Er drückte auf einen Knopf.

Die Videokamera drehte sich in seine Richtung. Irgendwo im Inneren zoomte jemand sein Porträt auf den Bildschirm.

»Ja, bitte?« quäkte eine Stimme.

»Andy Thewald. Ich bin der Neue.«

Eine Weile tat sich nichts, dann hörte er Schritte auf dem Kiesweg. Zwei Männer näherten sich dem Tor. Als sie sahen, daß Lubitsch allein war, blieben sie stehen. Einer streckte die rechte Hand aus, in der sich ein schwarzes Kästchen befand. Das Tor bewegte sich einen Meter zur Seite. Lubitsch ging hinein.

»Hallo Andy!« sagte der Mann mit der Fernbedienung. »Ich bin Heiko, das hier ist Peter.«

Sie hielten ihm ihre Hände hin, und Lubitsch schüttelte sie.

»Komm mit!« sagte Heiko. »Sebisch wartet schon auf dich.«

Der Kiesweg wurde von nostalgischen Funzeln beleuchtet, das übrige Gartengelände lag im Dunkeln. Auch die Villa war abgedunkelt. Durch die dicken Vorhänge schimmerten nur schwache Lichtstrahlen.

Heiko machte den Führer: »Überall auf dem Gelände sind Strahler angebracht. Wenn wir wollen, können wir eine Flutlichtanlage einschalten, um die uns der VfB Leipzig beneiden würde.«

Sie gingen um das Haus herum bis zu einem Seiteneingang. Heiko schloß die Tür auf und ließ Lubitsch den Vortritt: »Das ist unser Reich.«

Ein Raum mit einem großen Tisch in der Mitte, Stühlen drumherum und einer Monitorwand, vor der ein weiteres Mitglied der Wachmannschaft auf einem Bürostuhl hockte. Es roch nach Kaffee.

Heiko kommentierte: »Du bist entweder draußen oder hier drin. Die anderen Räume sind tabu, es sei denn, du wirst gerufen. Regel Nummer eins. Regel Nummer zwei lautet: Kein Alkohol im Dienst.«

Der Mann vor den Monitoren grinste und hob seine Kaffeetasse.

»Und jetzt komm!« sagte Heiko. »Ausnahmsweise darfst du einen Blick in die heiligen Hallen werfen.«

Er schloß die gegenüberliegende Tür auf, und Lubitsch folgte ihm. Sie kamen in eine große Halle mit Kamin, einer kleinen Bar und um einen niedrigen Tisch gruppierten Polstermöbeln. Sebisch saß in einem Sessel und plauderte mit einer mondän gestylten Frau, die auf den ersten Blick für fünfundzwanzig durchging, auf den zweiten aber bereits über dreißig war.

Sebisch hob den Arm und winkte Lubitsch heran. »Andy, da bist du ja! Ich wollte nur sehen, ob alles klargeht. Heiko Kannin hast du ja schon kennengelernt. Er ist der Chef der Wachmannschaft. Geht's dir nicht gut? Du siehst so bleich aus.«

»Mir geht's gut«, sagte Lubitsch. »Ich habe nur letzte Nacht schlecht geschlafen.«

»Na hoffentlich. Und wie gesagt: Wenn du dich vernünftig anstellst, kriegst du demnächst einen interessanteren Job.«

Die Frau guckte gelangweilt in ihr langstieliges Glas, und die Audienz war beendet.

Lubitsch schlenderte mit Peter die Gartenmauer entlang. Das machten sie in regelmäßigen Abständen, ohne daß sich bisher etwas Aufregendes ereignet hätte. Außer einem Eichhörnchen hatten sie kein lebendiges Wesen aufgescheucht. Ein anderes Mal mußten sie zum Tor, weil ein Wagen das Villengelände verließ.

»Ist der Boß eigentlich da?« fragte Lubitsch.

»Pancic? Na klar. Der hockt in seinem Zimmer. Und wenn mich nicht alles täuscht, werden wir gleich noch was erleben.«

»Wieso?«

»Der Wagen, der vorhin rausgefahren ist, der holt bestimmt eine Nutte.«

»Na und?«

»Wart's ab!« Peter grinste verschwörerisch.

Das Walkie-talkie quäkte. Peter meldete sich.

»Es geht los«, sagte er zu Lubitsch.

Sie gingen zum Tor und sahen den bekannten Mercedes. Im Fond saß ein Mädchen, das kaum älter als siebzehn war. Der Wagen rollte an ihnen vorbei.

»Komm mit!« sagte Peter.

Auf der Rückseite der Villa schlugen sie sich durch die Büsche, bis sie direkt vor der Hausfront standen.

»Da oben ist es«, flüsterte Peter. Er zeigte auf ein Fenster im ersten Stock. »Er hat immer das Fenster geöffnet.«

Sie hörten zwei Stimmen, eine dunkle männliche und eine weibliche, die sich zu widersetzen schien. Man konnte nicht verstehen, was gesagt wurde, aber die männliche Stimme wurde allmählich lauter und zorniger. Die weibliche protestierte.

»Ich zahlen eine Menge Geld.« Der Mann hatte einen starken Akzent.

»Ich will aber nicht.«

Ein klatschendes Geräusch.

»Au verdammt, das tut weh.«

Ein Trommelfeuer von Schlägen, die in ein Wimmern übergingen.

»So geht das immer«, flüsterte Peter. »Zumindest bei denen, die keine Ahnung haben.«

Lubitsch bleckte die Zähne. Die Flasche war zersprungen. Er hatte Blut gerochen.

Eine Stunde später ließen sie den Mercedes wieder hinaus. Das Mädchen auf der Rückbank hielt die Hände vor das Gesicht gepreßt und heulte.

Weit nach Mitternacht saß Lubitsch im Wachraum und schlürfte einen Kaffee. Die Gespräche der Männer waren versandet, und eine dumpfe Müdigkeit hatte alle ergriffen. Plötzlich öffnete sich die Tür, die vom Wachraum in die Villa führte. Der Mann, der sie geöffnet hatte, blieb auf der Türschwelle stehen.

Kannin war aufgesprungen. »Guten Abend, Herr Pancic!«

Pancic hatte volles, graues Haar, das über die Ohren lappte. Auf seinem Kinn lag ein blauer Schimmer, der auf kräftigen Bartwuchs hindeutete. Er trug ein weißes Hemd mit offenem Kragen, eine dunkle Hose und eine graue Wolljacke. Er mußte sich am Türrahmen festhalten, um nicht umzufallen.

»Hallo Heiko!« Die Stimme klang klar und deutlich. Man merkte ihr den Alkoholkonsum nicht an.

Pancic stolperte nach vorn und stützte sich auf eine Stuhllehne. »Wer bist du?«

Lubitsch stellte die Kaffeetasse auf den Tisch. »Andy Thewald. Ich habe heute abend angefangen.«

»So so.« Pancic tätschelte ihm die Schulter. »Und wie dir gefallen?«

»Fürs erste nicht schlecht.«

»Für erstes? Ihr Jungs alle wollt groß rauskommen.« Er machte eine fahrige Handbewegung. »Laßt uns eine saufen! Die Welt sein beschissen. Das muß gefeiert.«

Er hängte sich auf Lubitsch, der ihn zu der Bar in der Halle schleppte.

Pancic hievte sich auf einen Barhocker. »Schütt einen ein! Mach schon!«

Lubitsch ging auf die andere Seite der Theke und füllte mehrere Whiskygläser.

»Mirko hat mir erzählt. Du sollst sein schneller Junge.«

Lubitsch grinste. »Schnell und gut.«

»Das sagen alle. Wo du kommst her? Was du gemacht?«

Lubitsch spulte seine Legende ab. »Ich stamme aus dem Ruhrgebiet. Aber da wurde es mir zu langweilig. Ich bin dann nach Hamburg gegangen, Sankt Pauli, hab mal hier, mal da gejobt. Türsteher in einer Nachtbar, Rausschmeißer in einem Puff, was halt so anfiel. Irgendwann bin ich Johnny Berger über den Weg gelaufen, und von da an hab ich nur noch für ihn gearbeitet, zuerst in Sankt Pauli, später in München.«

»Und jetzt du hier.« Pancic war nüchterner, als er auf den ersten Eindruck wirkte.

Lubitsch nippte an seinem Whiskyglas. »Und jetzt bin ich hier.«

Pancic zeigte ein wölfisches Grinsen und hob sein Glas. »Auf gute Zusammenarbeit, Andy!«

Lubitsch stieß mit ihm an. »Davon bin ich überzeugt.«

XI

Der Plan war einfach. Die Polizeitruppen sollten die Biedermannstraße auf beiden Seiten absperren und die Skins in die Zange nehmen. Eine Hundertschaft saß in ihren Mannschaftswagen auf dem Hof der Stadtbezirksverwaltung Süd, etwa hundert Meter Luftlinie von der Biedermannstraße entfernt, und wartete auf den Befehl zum Abrücken.

Im Inneren des Gebäudes, in einem kleinen Büro, hockten Oberkommissar Schumann, Kommissar Fiedler und der Leiter der Einsatzgruppe. Schumann hatte ein Funkgerät in der Hand.

»Erst besetzen die Linken Häuser, und dann beschützen wir sie auch noch vor den Rechten«, sagte der Leiter der Hundertschaft.

»Hier geht es nicht um links oder rechts«, antwortete Schumann.

»Vielleicht können wir ja warten, bis sie ein bißchen in den Häusern aufgeräumt haben.«

»Vielleicht können wir auch warten, bis sie ein paar von den Linken totgeschlagen haben«, warf Fiedler ein.

Der uniformierte Beamte bedachte ihn mit einem entrüsteten Blick. »Das habe ich nicht gemeint.«

»Ist ja auch egal, was Sie gemeint oder gedacht haben«, schaltete sich Schumann ein. »Tatsache ist, daß ich die Skins haben will, und zwar alle. Das heißt, wir greifen ein, sobald sie sich vollständig vor den Häusern versammelt haben.«

»Ich hab's verstanden«, sagte der Uniformierte und drehte seine grüne Mütze in den Händen.

Schumann drückte auf den Sendeknopf des Funkgerätes: »Lehmann, wie sieht's aus?«

»Alles ruhig.« Lehmann befand sich in einer Wohnung, die den besetzten Häusern direkt gegenüberlag. »Warten Sie! Ich sehe was.« Knisternde Pause. »Sie kommen.«

»Von wo?« fragte Schumann.

»Aus der Kochstraße.«

»Wie viele sind es?«

»Moment! Ich sehe das Ende der Schlange noch nicht. Dreißig bis vierzig, schätze ich.«

»Geben Sie fortlaufend Bericht, Lehmann!«

»Die ersten sind jetzt in der Höhe der Auerbachstraße.«

»Sind schon alle in der Biedermannstraße?«

»Ja. Die ersten haben die Herderstraße erreicht.«

Schumann gab dem Leiter der Hundertschaft ein Zeichen. Der setzte seine Mütze auf und bewegte sich zur Tür.

»Und keine Sirenen!« rief Schumann ihm nach. Dann wieder ins Funkgerät: »Berichten Sie weiter, Lehmann!«

»Die ersten haben die besetzten Häuser erreicht. Ich sehe sie direkt unter mir.«

»Sind sie bewaffnet?«

»Sie haben Stöcke, die unten dicker werden.«

»Baseballschläger«, sagte Fiedler.

Draußen dröhnten die Motoren der Busse. Die Hundertschaft rückte ab.

»Was machen sie?« fragte Schumann.

»Sie versammeln sich vor den Häusern. Ah! Jetzt hat einer der Hausbesetzer was gemerkt. Er schlägt Alarm. Jetzt geht's richtig los.«

»Präzise, Mensch!« brüllte Schumann.

»Die Hausbesetzer gucken aus den Fenstern. Die anderen schreien im Chor. Ich kann nicht verstehen, was es ist. Es ist so laut hier.« Lehmanns Stimme überschlug sich.

»Idiot«, murmelte Fiedler.

»Sehen Sie schon etwas von unseren Leuten?«

»Nein.«

»Die fahren bestimmt einen Umweg«, meinte Fiedler.

»Reden Sie weiter, Mann!« knurrte Schumann ins Mikrophon.

»Sie schlagen die Tür ein. Jetzt gibt sie nach. Die ersten Skins sind im Haus. Und... die Mannschaftswagen kommen. Von beiden Seiten gleichzeitig.«

»In Ordnung, Lehmann, wir machen uns jetzt auf den Weg. Reden Sie weiter!«

»Geben Sie auf! Sie sind umstellt. Legen Sie Ihre Waffen auf den Boden und bewegen Sie sich langsam in meine Richtung!«

Schumann nahm das Megaphon von den Lippen und beobachtete die Wirkung seiner Worte. Die Skins hatten sich vor einem der besetzten Häuser zusammengedrängt und diskutierten heftig miteinander. Schumann vermutete, daß die eine Fraktion aufgeben wollte, während die andere für einen Ausbruchsversuch plädierte.

Die Hausbesetzer hatten sich vom ersten Schreck erholt und gingen zur verbalen Gegenoffensive über. »Nazis raus!«, »Faschos, verpißt euch!« und »Skins sind Hosenscheißer!« tönte es aus den geöffneten Fenstern. Eine Frau leerte einen Eimer Wasser über der kahlköpfigen Menschentraube.

Schumann setzte erneut das Megaphon an: »Ich gebe Ihnen noch eine Minute.« Dann wandte er sich an den Leiter der Einsatzgruppe: »Lassen Sie Ihre Leute mal ein bißchen mit den Schlagstöcken klappern!«

Die Polizisten schlugen rhythmisch gegen ihre Schilde, und die Hausbesetzer klatschten Beifall, was den Leiter der Grünuniformierten in Rage brachte: »Eine Frechheit. Hören Sie sich das an! Sollen wir anschließend die Häuser stürmen?«

»Konzentrieren Sie sich ganz auf die Skins!« sagte Schumann. »In dreißig Sekunden rücken wir vor.«

Inzwischen hatten die Skins den dritten Eimer Wasser abbekommen, was ihren Entscheidungsprozeß beschleunigte. Gemeinsam und mit lautem Gebrüll rannten sie auf Schumann und die fünfzig Polizisten zu.

»Achtung! Helm schließen!« schrie der Leiter der Hundertschaft.

Ein paar Leuchtkugeln prallten gegen die Plastikschilde, dann flogen Steine. Ein Polizist sackte getroffen zu Boden, und zwei andere rannten schreiend weg, als sie von einem Molotowcocktail in Brand gesetzt wurden. Der Rest zeigte sich den Skins überlegen und drosch auf die ungeschützten Leiber ein. Währenddessen näherte sich die zweite Hälfte der Hundertschaft im Laufschritt und griff den Feind im Rücken an. Die in die Zange genommenen Skins verloren nach und nach die Lust am Straßenkampf. Einige warfen ihre Baseballschläger zur Seite und hoben die Arme, andere wurden von Polizisten auf den Boden gedrückt und gefesselt. Nur wenigen Skins gelang die Flucht durch die Reihen der Grünuniformierten. Einer versetzte dem Leiter der Hundertschaft einen Fausthieb, wurde aber anschließend von Fiedler überwältigt.

Nach fünf Minuten war der Kampf zu Ende. Es gab fünf verletzte Polizisten, drei entflohene Skins und fünfunddreißig Festnahmen. Daniel Haber und Bernd Bäkker zählten zu den Festgenommenen.

Schumann kniff sich in die stachelige Wangenhaut, um sich wachzuhalten. Seine Augen waren blutunterlaufen, das Gesicht noch grauer als sonst. Er sah fürchterlich aus, aber den anderen ging es nicht viel besser. Fiedler lümmelte sich etwas abseits auf einem Bürostuhl, die Beine hochgelegt und in der Hand einen Plastikbecher mit lauwarmem Kaffee. Bernd Bäcker hatte seine stramme Haltung bereits vor Stunden verloren. Wie ein riesiger Kloß klebte er auf dem Stuhl, einen penetranten Angstschweiß ausströmend. Auf seinem runden, wabbeligen Gesicht klebte ein dünner Schweißfilm, und die kleinen Äuglein glänzten vor Müdigkeit.

»Nun, dann noch einmal von vorne«, sagte Schumann. Es war drei Uhr morgens, und seine Stimme klang brüchig.

»Ich heiße Bernd Bäcker und bin von Beruf Verpakkungsingenieur. Ich kämpfe für ein Deutschland ohne Ausländer und rotes Gesindel.«

»So eine Scheiße«, sagte Fiedler. »Laß mich eine Viertelstunde mit ihm allein!«

Schumann reagierte nicht. »Wie war das mit dem ›Club Venus‹?«

»Ich kenne keinen ›Club Venus‹«, sagte Bäcker.

Fiedler stellte den Plastikbecher ab und stand auf. »Ich habe das Geschwafel satt. Entweder ich haue ihm eine rein, oder ich gehe nach Hause.«

Den massigen Körper von Bäcker durchlief ein nervöses Zittern. »Sagen Sie es schon! Sagen Sie schon ›Schwule Sau‹!«

»Warum denn?« fragte Fiedler.

»Weil ich homosexuell bin. Aber ich stehe dazu. Der Führer war auch schwul.«

»Ich dachte immer, er hätte es mit seinen Schäferhunden getrieben.«

»Mir reicht's«, sagte Schumann. »Ich hole mir einen Kaffee.«

»Laß dir Zeit!« rief Fiedler ihm nach. Mit deutlichem Abscheu im Gesicht begab er sich in die Duftzone des Rechtsradikalen.

Bäcker schnaufte: »Halt! Warten Sie!« Er verdrehte den Oberkörper, so daß er den an der Tür verharrenden Schumann in den Blick bekam. »Mir fällt da was ein.«

»Was denn?« knurrte Schumann gereizt.

»Ich weiß, warum der ›Club Venus‹ überfallen wurde.«

Schumann seufzte und kehrte zu seinem Schreibtisch zurück. »Und jetzt erzählst du mir alles, von Anfang an. Und ohne jeden politischen Schmus, ist das klar?«

Bäcker nickte mit offenem Mund.

XII

Lubitsch drehte mit Peter erneut eine Runde, er wußte selbst nicht, die wievielte es in dieser Nacht war. Pancic war auf einer Geschäftsreise, und auch Mirko Sebisch hatte sich nicht blicken lassen. Eigentlich gab es überhaupt nichts zu bewachen, und Lubitsch langweilte sich. Die Gespräche mit Peter und den übrigen Männern der Wachmannschaft gingen ihm auf die Nerven, hirnloses Gewäsch, das sich darum drehte, was man mit dem zukünftig zu verdienenden Geld alles kaufen wollte. Mirko Sebisch widerte ihn an. Ein elender Aufschneider, der sich wie ein Vorstadt-Schläger benahm. Und auch Pancic hatte keine Klasse. Riemenschneider, das war ein Mann, vor dem Lubitsch Achtung hatte. Der konnte mit Menschen umgehen, schützte und förderte seine Freunde, vernichtete seine Feinde. Riemenschneider hatte ihn zu dem gemacht, was er heute war. Damals, als Lubitsch eine ganz kleine Nummer war, mit nichts weiter ausgestattet als Wut und Skrupellosigkeit. Riemenschneider hatte seine Fähigkeiten kanalisiert, in die richtigen Bahnen gelenkt. Damals, das war lange, bevor Lubitsch diese merkwürdige Krankheit bekam, diese seltsamen Anfälle, die ihn lähmten. Lange bevor er Pillen schlucken mußte, um halbwegs klar denken und handeln zu können.

Er wünschte sich nichts sehnlicher, als den Job bald hinter sich zu bringen. Leipzig kotzte ihn an, diese kaputte Stadt mit den kaputten Menschen, die ständig jammerten. In ihrem kehligen Tonfall jammerten über die angeblich so schlechten Lebensbedingungen. Wer hatte sie denn gezwungen, die DDR aufzugeben? Sich der Marktwirtschaft in die Arme zu werfen, von der sie nichts verstanden?

»Hast du das gehört?« fragte Peter.

Lubitsch riß sich zusammen. Er horchte in die heller werdende Nacht. Unter das Gezirpe der erwachten Vögel mischte sich Motorenlärm, die Geräusche von mehreren großen Wagen.

Peter nahm das Funksprechgerät: »Da draußen tut sich was.«

»Was ist los?« Heiko Kannins Stimme war hellwach.

»Ich weiß nicht. Erstaunlich viel Verkehr für diese Tageszeit.«

»Wartet mal! Ich versuche, was auf dem Bildschirm zu erkennen.«

»Wir gehen zum Tor«, sagte Lubitsch. Er öffnete die Jacke, damit er schneller an seine Pistole kam.

Unterwegs hörten sie das Getrappel von Stiefeln.

»Polizei«, sagte Lubitsch.

»Polizei«, quäkte es aus dem Walkie-talkie. »Kommt sofort in den Wachraum! Wir müssen die Waffen wegschließen.«

Lubitsch und Peter rannten quer über den Rasen. Am Tor tauchten ein paar schemenhafte Gestalten auf.

»Los! Schnell!« brüllte Kannin. Er stand in der geöffneten Tür des Wachraumes. »Packt eure Pistolen da drüben in den Wandschrank! Ich muß sie jetzt reinlassen.«

Der Türsummer brummte wie verrückt. Eine alte, ruhige Stimme benutzte das Mikrophon am Tor: »Polizei. Öffnen Sie sofort das Tor! Sonst verschaffen wir uns gewaltsam Zugang.«

»Mach das Tor auf!« schrie Kannin den Mann an, der vor den Bildschirmen saß. »Ich muß mit Sebisch telefonieren. Haltet sie ein bißchen auf! Aber keine Gewaltanwendung, verstanden?«

»Ich verpiß mich. Ich werde gesucht.« Peter wollte zur Tür hinaus, aber Kannin hielt ihn am Arm fest.

»Du bleibst hier. Wir wollen keinen Ärger, ist das klar?« sagte er drohend.

Peter riß sich los. »Du kannst mich mal.«

Lubitsch landete eine trockene Rechte in Peters Magen und schleifte den geknickten Körper zu einem Stuhl. »Du kannst telefonieren«, sagte er zu Kannin.

»Arschloch«, murmelte Peter. Kannin verschwand durch die Tür ins Haupthaus.

Auf den Bildschirmen sah Lubitsch, wie sich der Polizeitrupp dem Haus näherte. Unter den Grünuniformierten befanden sich zwei Zivile, ein Großer im grauen Mantel mit Hut und ein Kleinerer mit Lederjacke. Der Graue gab die Befehle. Er schickte einen Teil der Polizisten ums Haus herum und ging mit dem Rest in Richtung Hauptportal.

Lubitsch verließ den Wachraum und winkte. »Hallo! Hier geht's rein.«

Der Graue stockte. Flüsternd gab er weitere Befehle, dann schritt er, mit zehn Polizisten im Schlepptau, auf Lubitsch zu.

Schumann zückte seinen Dienstausweis und hielt ihn Lubitsch vor die Nase: »Wir suchen einen Mirko Sebisch.«

»Der ist nicht da.«

Schumann steckte den Dienstausweis weg und zog ein gefaltetes Blatt Papier aus der Tasche. »Das ist ein Hausdurchsuchungsbefehl. Wir werden jetzt reingehen und uns alles genau angucken. Keiner verläßt in dieser Zeit das Haus. Habe ich mich verständlich genug ausgedrückt?«

»Darf ich den Grund für die Hausdurchsuchung erfahren?« fragte Lubitsch harmlos.

»Dürfen Sie nicht, da Sie nicht Mirko Sebisch sind und das Haus auf den Namen Sebisch eingetragen ist.«

»Na, dann kommen Sie mal rein!« sagte Lubitsch.

»Sie müssen uns gehen lassen. Sie haben nichts gegen uns in der Hand«, sagte Kannin, der mit den anderen in einer Reihe saß. Schumann und Fiedler waren in den Konferenzsaal umgezogen, weil ihr eigenes Büro zu klein für die komplette Wachmannschaft war.

Schumann kratzte sich am Hals. »Mal abgesehen von der Tatsache, daß zwei Mitglieder Ihrer Wachmannschaft per Haftbefehl gesucht werden, haben wir einen ganzen Schrank mit Waffen entdeckt.«

»Na und? Der Schrank war abgeschlossen.«

»Und wozu haben Sie das Waffenlager angelegt?«

»Die Pistolen dienen ausschließlich der Selbstverteidigung. Außerdem habe ich einen Waffenschein.«

»Und was für einen«, brummte Fiedler. »Eine Stasi-Lizenz zum Töten.«

»Wo waren Sie denn in den letzten zehn Jahren?« fragte Kannin mit erhobener Stimme. »Haben Sie nicht als Polizist genauso für den Staat DDR gearbeitet wie ich?«

Schumann winkte ab. »Sie haben einen Waffenschein, die anderen aber nicht.«

Kannin grinste. »Halten Sie mich für blöd? Können Sie beweisen, daß ich ihnen jemals eine Waffe ausgehändigt habe? Und was die beiden Gesuchten angeht: Wir sind ein privater Wachdienst. Wir lassen uns keine polizeilichen Führungszeugnisse zeigen.«

»Na gut«, sagte Schumann. »Dann halten wir Sie eben fest, weil Sie Mirko Sebisch decken.«

»Der kommt schon noch und holt uns hier raus«, meldete sich ein anderer Wachmann.

»Da könnt ihr lange warten«, höhnte Fiedler.

Lubitsch räusperte sich. »Ich weiß nicht, wo Sebisch ist, und gegen mich liegt nichts vor. Also lassen Sie mich bitte gehen!«

Schumann heftete seine grauen Augen auf das Gesicht des unscheinbaren Mannes. »Gegen Sie liegt tatsächlich nichts vor, Herr Thewald. Aber wir können Sie trotzdem nicht gehen lassen. Es besteht die Gefahr, daß Sie Sebisch warnen.«

Es klopfte an der Tür, und ein Mann steckte seinen Kopf herein: »Herr Schumann! Mirko Sebisch ist da – mit seinem Rechtsanwalt.«

Die Wachmannschaft gröhlte, mit Ausnahme von Lubitsch.

»Führen Sie sie in mein Büro«, sagte Schumann zu dem Mann an der Tür. »Und Sie«, er schaute die Männer der Reihe nach an, »bleiben solange hier.«

Als die Tür hinter Schumann ins Schloß gefallen war, herrschte Schweigen. Dann sagte Peter: »Warum habt ihr Arschlöcher mich nicht gehen lassen?«

»Pancic will keinen Ärger mit der Polizei«, antwortete Kannin. »Außerdem hätten sie dich sowieso geschnappt.«

»Oder über den Haufen geschossen«, ergänzte Lubitsch.

Eine Stunde später durften Lubitsch, Kannin und zwei andere gehen. Ein sichtlich genervter Fiedler hatte ihnen die Personalausweise ausgehändigt.

Auf der Straße stießen sie auf einen finster guckenden Sebisch, der sich bemühte, seine Nervosität zu verbergen.

»Eine Affenscheiße ist das. So ein blöder Skin hat mich verpfiffen. Das hat man davon, daß man sich mit diesem Pack einläßt.«

»Was sollen wir jetzt machen?« fragte Kannin.

»Weitermachen wie bisher. Pancic hat mit alldem nichts zu tun. Das Haus muß bewacht werden. Der Alte macht mir die Hölle heiß, wenn er heute zurückkommt.«

Lubitsch hob grüßend die Hand: »Ich lege mich dann mal ein paar Stunden aufs Ohr.«

Die anderen beachteten ihn nicht. Lubitsch ging zu Fuß, weil er nachdenken wollte. Es war nicht das erste Mal, daß er von der Polizei kontrolliert wurde, und in den letzten Jahren hatten sie ihm nie etwas anhängen können. Die Papiere der Firma waren in der Regel ausgezeichnet, aber eine Garantie, daß der Schwindel nicht auffallen würde, gab es nicht. Eigentlich wäre es das klügste, er würde sofort aus der Stadt verschwinden und wieder in seine alte Identität schlüpfen. Doch Lubitsch haßte halbe Sachen. Er hatte einen Auftrag, und er wollte ihn erfüllen. Er spürte, daß er dicht dran war. Noch ein oder zwei Tage, sagte er sich, wenn es bis dahin nicht geklappt hat...

Er packte seine Sachen im ›Intercontinental‹ und bezahlte die Rechnung. Dann ging er ein paar hundert Meter weiter und nahm ein Zimmer in einem kleineren, schäbigeren Hotel namens ›Sächsischer Hof‹. Auf den Meldezettel schrieb er: *Mario Lubitsch.*

Zum ersten Mal seit Jahren benutzte er seinen richtigen Namen.

XIII

»Du Idiot!«

Pancić schlug zu, und die linke Gesichtshälfte von Sebisch lief krebsrot an.

»Was du machen? Bringst meine Name in Kontext mit diese lausige Neonazis. Polizei, Zeitungen, alle, alle reden schlecht über mich. Mit wem ich sollen machen Geschäfte in Zukunft?«

»Konnte ich denn ahnen, daß dieser Skin mich linken würde?«

»Konnte ich denn ahnen…« äffte Pancic ihn nach. »Ich bezahlen dich gut, ich bezahlen dich sehr gut, dafür, daß du machen deine Sache ordentlich.« Er stieß Sebisch mit dem Zeigefinger einen halben Meter zurück.

»Dein Name ist überhaupt nicht gefallen«, verteidigte sich Sebisch. »Niemand weiß, daß ich für dich arbeite.«

Pancic lachte höhnisch. »Wie lange, meinst du, bleibt das geheim? Die Polizei in Leipzig ist doof, ja, aber so doof sie nun auch wieder nicht. Weißt du, was ich mache?«

Sebisch starrte auf den Boden. »Nein.«

»Ich schmeiße dich raus, ich entlasse dich. Du hast gehandelt eigenmächtig, dafür du wirst gekündigt, ohne Frist. So ich verkaufe das allen, die wissen wollen.«

Sebisch guckte hoch. Er war vollkommen verblüfft. »Das kannst du nicht machen«, protestierte er.

»Und warum nicht?«

»Ich habe allen Dreck für dich erledigt. Ich habe immer den Kopf hingehalten. Okay, ich habe einen Fehler gemacht. Einen einzigen beschissenen Fehler. Deswegen kannst du mich doch nicht gleich rausschmeißen.«

»Und ob ich kann. Das war nämlich Fehler zuviel, Mirko. Und jetzt geh! Ich will dich hier nicht mehr sehen.«

Die Verblüffung verwandelte sich in Wut. »Das wirst du bereuen. Ich weiß eine Menge über dich.«

Pancic wurde eiskalt. »Du willst mir drohen?«

»Vielleicht.«

Pancic brüllte: »Raus!«

Wie ein geprügelter Hund schlich Sebisch durch die Halle, an den Männern der Wachmannschaft vorbei, die vor Verlegenheit nicht wußten, wo sie hingucken sollten.

»Mirko!« rief Pancic ihm nach.

Sebisch blieb stehen, ohne sich umzudrehen.

»Du kriegst Abfindung, und ich bezahle eine gute Anwalt, der vor Gericht für dich spricht.«

Sebisch ging wortlos weiter und verließ das Haus durch die Vordertür.

»Mirko Sebisch ist toter Mann«, sagte Pancic leise.

Die Wachmänner warfen sich verstohlene Blicke zu. Ob wohl einer von ihnen den Auftrag bekam, Sebisch umzulegen?

»Und ihr«, donnerte Pancic in die Richtung des eingeschüchterten Haufens, »geht wieder an eure Arbeit! Andy, du bleibst hier!«

Die anderen machten, daß sie wegkamen.

»Was gibt es, Chef?« fragte Lubitsch ungerührt.

Pancic ging auf ihn zu. Er atmete heftig, seine Augen glühten.

»Ich brauche eine Frau. Hol mir eine aus ›Frivol‹! Eine junge, du verstehst. Nicht so ein altes Mütterchen. Muß noch ganz frisch sein, siebzehn, achtzehn, am besten aussehen wie sechzehn.«

Lubitsch ging durch den langen, stickigen Flur, der mit seiner blutroten Tapete und den Grunz- und Stöhnlauten links und rechts wie der Darm eines riesigen Lebewesens wirkte. Er öffnete die Tür ohne anzuklopfen. Der Geschäftsführer saß auf seinem Sessel, aber er war nicht allein. Seine Finger steckten unter der weit ausgeschnittenen Bluse einer Frau, die seitlich auf ihm hockte.

»Was fällt Ihnen ein?« maulte er und entfernte seine Finger aus der Bluse.

Die Frau kicherte, ließ sich gegen seine schmächtige Brust fallen und legte ihm einen Arm um den Hals.

»Laß das!« sagte der Geschäftsführer zu ihr. »Es ist geschäftlich.«

Die Frau kicherte erneut, stand auf und wippte auf hochhackigen Absätzen an Lubitsch vorbei.

Das kleine Männchen strich seine Hose glatt. »Was gibt es?«

»Der Boß will eine Frau.«

Der Geschäftsführer befummelte seinen hochgezwirbelten Schnurrbart. »Wieso schickt er Sie?«

»Was geht dich das an?«

»Mich? Nun ja, eigentlich nichts, da haben Sie recht.«

»Also, was ist jetzt?«

»Ja, nun, das ist nicht so einfach. Es spricht sich herum, daß der Boß, äh, nicht so feinfühlig ist.«

»Ich habe nicht die ganze Nacht Zeit«, sagte Lubitsch.

»Warten Sie! Tina war letzte Woche bei ihm, die macht das bestimmt nicht nochmal. Die würde sofort abhauen. Wie wäre es mit Michaela?«

»Wie alt?«

»Dreiundzwanzig.«

»Gibt's keine jüngere?«

»Nach Tina ist Anja die jüngste. Aber ich weiß nicht...«

»Hol sie her!«

Der Geschäftsführer seufzte und griff zum Telefon. »Sie ist noch nicht lange bei uns. Ich weiß nicht, ob sie das durchsteht.«

Lubitsch guckte ihn an, und der Geschäftsführer wählte eine einstellige Nummer: »Ist Anja gerade beschäftigt? Gut! Schick sie mal zu mir rein!«

Anja war klein, hatte lange, schwarzgelockte Haare und trug ein schwarzes Jackett mit gepolsterten Schultern. Sie sah nicht aus wie sechzehn, aber das störte Lubitsch nicht.

»Es geht um einen Spezialauftrag«, sagte der Geschäftsführer. »Ich will offen sein: Es könnte weh tun.«

Anja drehte sich zu Lubitsch um. »Nein, das mache ich nicht.«

»Er ist nicht der Kunde. Er bringt dich nur zu ihm. Der Kunde ist, wie soll ich sagen, ein mächtiger Mann in Leipzig. Wir alle hängen irgendwie von ihm ab. Und du kriegst zweitausend Mark.«

»Zweitausend?« Anjas Stimme klang weniger mißtrauisch.

»Für eine Stunde. Das ist doch gutes Geld.«

Sie überlegte. »Wie weh wird es tun?«
»Nicht sehr. Ein paar Schläge, mit der flachen Hand.«
»Schlägt er ins Gesicht?«
»Nein, nicht ins Gesicht.«
Der Geschäftsführer log erbärmlich schlecht, aber Anja war schon überzeugt.

Lubitsch steuerte die große Limousine durch die Nacht. Anja saß zusammengesunken neben ihm. Sie wirkte noch kleiner als im ›Club Frivol‹.
»Wie weit ist es denn noch?«
»Nicht mehr weit.« Lubitsch guckte geradeaus.
»Und zu wem fahren wir?«
»Besser, du weißt es nicht.«
Sie rutschte unruhig hin und her. Der Mut schien sie wieder verlassen zu haben. »Ich glaube, wir fahren besser wieder zurück. Ich habe keine Lust mehr.«
»Zu spät, Kleine. Das hättest du dir früher überlegen sollen.«
»Ich will aber nicht mehr.«
Lubitsch guckte sie kurz an. »Jetzt hör auf mit dem Theater! Es wird dir nichts passieren, das verspreche ich dir.«
Sie verstummte, und außer ihrem knurrenden Magen und den Fahrgeräuschen war nichts zu hören.
Am Ortseingang von Kursdorf nahm Lubitsch das Autotelefon und wählte eine Nummer: »Macht das Tor auf!«
Langsam rollte der Mercedes durch das geöffnete Tor und über den Kiesweg bis zum Haus.
»Der Kerl ist aber reich«, sagte Anja.
»Ziemlich«, erwiderte Lubitsch.
Er ließ den Wagen vor dem Haus stehen und packte Anja am Arm: »Komm mit!«
Kannin stand in der Tür zum Wachraum.

»Ich bring sie rauf«, sagte Lubitsch.

»Ist gut.« Kannin schloß die Tür zum Haupthaus auf.

Lubitsch führte Anja durch die Halle und die Treppe hinauf. Aus dem Zimmer von Pancic kam Opernmusik. Irgendwas Italienisches.

»Geh erst mal ins Badezimmer!« sagte Lubitsch leise zu Anja. »Es ist da drüben.«

»Warum?«

»Mach dich ein bißchen frisch! Ich sage ihm, daß du da bist.«

Er wartete, bis sie im Badezimmer verschwunden war, dann klopfte er an die Tür.

»Ja?«

»Andy. Wir sind da.«

»Schick sie rein!«

Lubitsch öffnete die Tür. Pancic stand an der Musikanlage und drosselte den Tenor. Er trug einen schwarzen Bademantel, der mit goldenen Löwen bestickt war.

»Wo ist sie?«

»Auf der Toilette. Sie muß mal Pipi.«

»Na gut. Sag ihr, ich warte!«

Pancic ging zu einer Anrichte, auf der mehrere Flaschen standen. Lubitsch war mit zwei Sätzen hinter ihm und stieß den Stahldorn in seinen Nacken. Die linke Hand preßte er so lange auf den Mund des Jugoslawen, bis das Zucken des Körpers aufhörte.

»Ich muß nochmal los. Pancic will heute zwei Frauen.«

»Zwei?« Kannin war überrascht. »Das hat's ja noch nie gegeben.«

Lubitsch zuckte mit den Schultern. »Was weiß ich? Heute ist eben ein besonderer Tag.«

Er setzte sich in den Mercedes und startete. Das Tor glitt langsam zur Seite. Er fuhr hindurch, auf die breite, unbelebte Straße. Nach zweihundert Metern bog er ab und parkte den Wagen am Straßenrand. Dann ging er zu seinem blauen Audi zurück.

XIV

Die Hoteltreppe knarrte unter seinem Gewicht. Es stank nach gebohnertem Linoleum. Ein Männchen an der Wand signalisierte den Fluchtweg. Links, zeigte ein anderes Schild, ging es zur Toilette. Lubitsch wandte sich nach rechts, wo drei Polstersessel darauf warteten, daß irgendwann einmal ein Hotelgast, in einem Anfall von Klaustrophobie, sein Zimmer verlassen würde, um einen von ihnen zu benutzen.

Er fühlte sich erleichtert, wie ein Chirurg, der eine schwierige Operation erfolgreich hinter sich gebracht hatte. Sein Körper, der in den letzten Monaten hagerer geworden war, bewegte sich mit federnden Schritten. Nur noch die Sachen zusammenpacken, und dann nichts wie weg aus Neufünfland.

Er steckte den Schlüssel ins Schloß und drehte ihn um. Im selben Moment wußte er, daß etwas nicht stimmte. Es war mehr Instinkt als bewußte Wahrnehmung, vielleicht eine kleine Veränderung beim Umdrehen des Schlüssels. Lubitsch blieb vor der Tür stehen. Falls jemand im Inneren des Zimmers war, konnte er ihn nicht mehr überraschen. Er zog seine Pistole, stellte sich rechts neben den Türrahmen und wartete.

Die Sekunden verstrichen. Ein Wispern. Also waren es mindestens zwei. Dann öffnete sich langsam die Tür.

Ein Haaransatz kam zum Vorschein, der Lauf einer Pistole. Der Mann guckte, wie Lubitsch gehofft hatte, zuerst in die andere Richtung. Lubitsch drückte ihm die Mündung seiner Pistole an die Schläfe: »Fallen lassen!«

Der Mann gehorchte, ein Profi. Dann kam das »Plop« einer Pistole mit Schalldämpfer. Die Kugel durchschlug die Tür, rasierte den Ärmel von Lubitschs Jacke. Der Mann warf sich zurück, stürzte über das Bett. Lubitsch schoß hinterher. Der Mann jaulte auf.

Lubitsch rannte die Treppe hinunter. Die Frau an der Rezeption schrie: »Nicht schießen! Sie können das Geld haben.«

Lubitsch riß an der Tür. Abgeschlossen. Er setzte die Pistole an das Schloß und drückte ab. Hinter ihm polterte es auf der Treppe. Endlich gab die Tür nach. Lubitsch stürzte ins Freie. Sein Auto stand in einer Seitenstraße. Er würde nicht genug Zeit haben, um es zu starten. Zuerst mußte er seine Verfolger abhängen, unter Menschen kommen.

Er rannte geradeaus, über die Kreuzung, auf den Hauptbahnhof zu. Mitten auf der Straße blickte er zurück. Zwei Männer folgten ihm. Also waren es drei gewesen. Den einen hatte er erwischt, da war er ganz sicher.

Der Ostflügel des Bahnhofs war eine riesige Halle mit fast quadratischer Grundfläche, frisch renoviert. Über dem Verbindungsgang zum Westflügel prangte ein naives Wandgemälde aus DDR-Zeiten. Es war kurz vor Mitternacht und der Bahnhof nur noch mäßig belebt. Ein paar Penner saßen auf dem Boden, Bierflaschen neben sich. Jugendliche Stricher stolzierten herum und warteten auf Kunden.

Lubitsch rannte weiter, durch den Verbindungsgang zum Westflügel. Der Schnellimbiß hatte geöffnet, aber auch hier herrschte Flaute. Lubitsch drehte sich um. Seine beiden Verfolger waren noch nicht in Sicht. Die Tür zur Herrentoilette stand offen. Er ging durch bis zu den Kabinen, betrat eine, schloß aber nicht ab. Dann stellte er sich auf den Rand der Kloschüssel und hockte sich hin, die Pistole auf die Tür gerichtet. Der uralte Trick. Aber er wußte, daß seine Verfolger wenig Zeit hatten. Die Schießerei im ›Sächsischen Hof‹ würde die Polizei auf den Plan rufen. Sie hatten fünf Minuten, höchstens, um ihn zu finden.

Die unbequeme Haltung schmerzte in den Beinen. Lubitsch atmete langsam und geräuschlos. Jemand ging an den Kabinen vorbei. Und wieder zurück. Das war einer der beiden. Wo war der zweite? Stand er in der Nähe?

Der Mann riß die Kabinentüren auf, eine nach der anderen. Lubitsch schoß durch die halbgeöffnete Tür, sprang hinaus, rollte sich auf dem Boden ab, schoß noch zweimal. Der Mann stolperte nach vorn, den Ausdruck tiefsten Ekels im Gesicht, und knallte der Länge nach auf den gefliesten Boden. Lubitsch richtete die Pistole auf den Eingang. Der zweite Mann war nicht in Sicht. Offensichtlich hatten sie sich getrennt.

Lubitsch robbte bis zum Eingang, guckte in Fußhöhe in den Raum mit den Waschbecken. Nichts. Von draußen kamen Rufe: »Da hat jemand geschossen.« »Polizei!« »Wir müssen die Polizei anrufen.«

Lubitsch stand schnell auf, durchquerte den angrenzenden Raum, preßte sich neben der Vordertür an die Wand. Er kontrollierte den Verbindungsgang. In der Tür zum Schnellimbiß standen ein paar Schaulustige. Der zweite Killer war irgendwo anders, irgendwo im Hauptbahnhof.

Lubitsch steckte die Pistole in den Halfter und verließ die Toilette wie ein gewöhnlicher Benutzer.

»He Sie! Was ist da drin passiert?«

Er tat so, als hätte er nichts gehört. Mit zügigen Schritten ging er Richtung Westflügel. Niemand folgte ihm.

Der Westflügel war eine fast identische Kopie der östlichen Eingangshalle. Und endlich kam ein Zug an. Vom Bahnsteig, oberhalb der Eingangshalle, strömte eine Menschenmenge die Treppe hinunter. Lubitsch schob sich durch das Gewühl, die Treppe hinauf. Er blieb im Strom der müden, von der langen Fahrt oder dem langen Tag erschöpften Reisenden, bis er den Zug erreichte, den sie gerade verlassen hatten. Geduckt stieg er hinein, damit ihn von der anderen Seite niemand sehen konnte.

Der Zug war leer, aber bald würde ein Schaffner kommen, um die Abteile zu kontrollieren. Lubitsch drückte sich hinter die untere, fensterlose Hälfte einer halbgeöffneten Abteiltür und hoffte, daß der Schaffner nur einen Blick hineinwerfen würde.

Nach fünf Minuten hörte er Schritte auf dem Gang. Er nahm die Pistole aus dem Halfter und schob den Sicherungshebel zur Seite.

Die Schritte kamen näher. Jemand blieb stehen, ging dann weiter. Lubitsch atmete aus.

Der Zug ruckte an. Er fuhr im Schrittempo etwa einen Kilometer, stoppte dann wieder. Lubitsch guckte durchs Fenster. Eine hell erleuchtete Baracke, davor ungefähr zehn Männer in Arbeitskleidung, zum Teil mit Eimern und Besen bewaffnet. Die Putzkolonne.

Lubitsch schlich geduckt zur Waggontür und stieg auf der Seite aus, die man von der Baracke nicht einsehen konnte. Sekunden später wurde auf der anderen Seite die Tür geöffnet.

»Guck mal! Da hat jemand die Tür aufgelassen. Verdammte Schlamperei.«

Lubitsch blieb im Schatten des Zuges, bis er das Zugende erreichte. Das Licht der Bogenlampen war hier diffus, und er konnte es wagen, das Gleis zu überqueren.

Hinter dem Bahnsteig kamen Büsche und dann ein hoher Zaun. Lubitsch überkletterte ihn und stand auf einer unbeleuchteten Straße. Irgendwo in der Nähe mußte der Güterbahnhof sein, denn es gab Lagerhallen, abgestellte Container und Lastwagenanhänger. Die Lichter der Leipziger Innenstadt gaben ihm die Richtung an.

Ein paar hundert Meter hinter dem Hauptbahnhof standen die Straßennutten und versuchten, ihm ein Geschäft anzubieten. Er machte sich nicht die Mühe zu antworten.

Auf der Brandenburger Straße ging er nach links. Er hörte die Sirenen von Polizei- und Notarztwagen. Der ›Sächsische Hof‹ war jetzt nur noch einen Steinwurf entfernt.

Die Seitenstraße, in der er den Audi geparkt hatte, war menschenleer. Lubitsch drückte sich an den Stamm eines Baumes und wartete. Dann sah er ein winziges Glühen in einer Toreinfahrt, schräg gegenüber vom Audi. Was für ein Idiot! Der Kerl konnte sich doch tatsächlich das Rauchen nicht verkneifen.

Es war nicht leicht, über die Mauer zu hangeln, ohne auf sich aufmerksam zu machen, aber die Sirenengeräusche kamen Lubitsch zu Hilfe. Der Mann in der Toreinfahrt wandte ihm den Rücken zu, die Aufmerksamkeit auf die Straße gerichtet. Wahrscheinlich hatte er sich damit abgefunden, daß sein Warten zwecklos war.

Erst als Lubitsch direkt hinter ihm stand, spürte er etwas. Er wollte sich umdrehen, aber da hatte ihm Lubitsch schon den linken Arm um den Hals gelegt und die Pistole an die Schläfe gedrückt.

»Zieh deine Knarre raus, mit zwei Fingern!«

Der Mann machte ein Geräusch wie beim Schluckauf und wurde weich in den Knien.

»Keine Mätzchen!« zischte ihm Lubitsch ins Ohr.

Die Pistole schepperte auf den Boden.

»Wer hat euch beauftragt?« fragte Lubitsch.

»Keine Ahnung.«

»Ich jage dir eine Kugel ins Gehirn, wenn du nicht antwortest.«

»Das tust du doch sowieso. Also mach's gleich!«

Lubitsch knallte ihm den Lauf der Pistole gegen die Schläfe, und der Mann sackte weg.

Bevor er einstieg, begutachtete Lubitsch den Audi von unten, aber er konnte keine Autobombe entdecken.

XV

»Nun geh endlich ran!«

Schumann grunzte, stöhnte, röchelte. Er kämpfte sich hoch aus den Tiefen des Schlafes, strandete in einem nachtdunklen Schlafzimmer.

»Was ist los?«

»Das Telefon klingelt.«

»Ja und?«

»Meinst du, das ist für mich? Wer soll mich um diese Zeit anrufen?«

»Wie spät ist es denn?«

»Halb eins.«

Schumann griff zum Telefon, und seine Frau drehte sich um, zog die Bettdecke über den Kopf, beleidigt darüber, daß sie die nächtlichen Ruhestörungen ertragen mußte, weil sie das Bett mit einem Polizisten teilte und weil die Wohnung zu klein war, um ein eigenes Schlafzimmer einrichten zu können.

Schumann hörte etwa eine Minute lang zu, dann schlug er die Bettdecke zurück und hievte sich auf die Bettkante.

»Was ist denn passiert?« fragte seine Frau durch die Bettdecke.

»Anscheinend hat es eine Schießerei in einem Hotel gegeben und anschließend eine im Hauptbahnhof. Ein Toter, bis jetzt.«

»Im Hauptbahnhof? Ist man denn nirgendwo mehr sicher?«

Schumann stöhnte. »Schlaf weiter! Ich denke nicht, daß ich heute nacht noch zurückkomme.«

Er nahm seinen eigenen Wagen, einen gebraucht gekauften Opel Kadett. Er fühlte sich niedergeschlagen und matt. Allmählich wuchsen ihm die Ereignisse über den Kopf. Bandenkriege, Massenschlägereien, Mord und Totschlag. Wo sollte das hinführen? Und diese Gangster waren ihm haushoch überlegen. Die kannten sich aus in juristischen Spitzfindigkeiten, die nutzten die technischen und personellen Mängel der ostdeutschen Polizei. Die machten aus Leipzig, seinem Leipzig, einen Alptraum. Der wilde Osten, dachte Schumann. Und er kam sich überhaupt nicht vor wie Gary Cooper in *Zwölf Uhr mittags*. Cooper war mutig, entschlossen und hatte eine schöne, treue Frau. Schumann hatte nichts davon.

Vor dem ›Sächsischen Hof‹ standen drei Polizeiautos und ein Notarztwagen. Schumann kämpfte sich durch die kleine Menge Schaulustiger, zeigte dem Polizisten vor der Eingangstür seinen Ausweis und betrat die Hotelhalle. Fiedler unterhielt sich mit einer Frau, die leicht hysterisch wirkte.

»Ein Gangster ist noch oben«, sagte Fiedler, als er Schumann sah. »Er hat auf einen unserer Männer geschossen. Ich wollte mit der Verhaftung warten, bis du da bist.«

»Nett von dir. Ist der Polizist verletzt?«

»Nein. Aber der Mann im Zimmer, so wie es aussieht. Sonst wäre er sicher längst getürmt.«

»Und wer ist das?« Schumann nickte zu der Frau hinüber.

»Sie war an der Rezeption, als es passierte. Sie hat drei Männer gesehen: einen Hotelgast, der von zwei anderen verfolgt wurde. Alle drei trugen Schußwaffen.«

»Wie heißt der Hotelgast?«

»Lubitsch. Mario Lubitsch. Offensichtlich ist er zum Hauptbahnhof gerannt, wo die Schießerei weiterging.«

»Darum kümmern wir uns später. Erstmal müssen wir das hier erledigen.«

Schumann schritt die Treppe hinauf. Links und rechts von dem Zimmer im ersten Stock hockten vier Polizisten, die Pistolen im Anschlag. Die Tür stand eine Handbreit offen, in Brusthöhe befanden sich drei Löcher.

Schumann zückte seine eigene Waffe und stellte sich hinter die Polizisten. »Wie sieht's aus?« flüsterte er.

»Seit einer Viertelstunde hat er keinen Mucks mehr gemacht.«

»He, Sie!« brüllte Schumann. »Hören Sie mich?«

Keine Antwort.

»Geben Sie auf! Das Hotel ist umstellt.«

Schumann wartete zehn Sekunden, dann sagte er: »Drücken Sie die Tür auf! Aber vorsichtig!«

Die Tür glitt quietschend zurück. Keine Reaktion.

Der Oberkommissar beorderte die Polizisten nach hinten und stellte sich an den Türrahmen. Das Flurlicht beleuchtete nur einen kleinen Teil des Zimmers. Schumann sah zwei Beine, die in einer Pfütze lagen.

»Versuchen Sie, den Lichtschalter zu finden!« sagte Schumann zu dem Polizisten auf der anderen Seite der

Tür. Der tastete eine Weile herum, bis er ihn gefunden hatte.

Der Mann im Zimmer lag in seinem eigenen Blut. Er war bewußtlos.

Schumann spürte einen starken Druck auf dem Magen. Er schluckte und hoffte, daß er sich nicht übergeben mußte. Der Geruch von Fäkalien mischte sich mit dem Geruch von Blut, ein Gestank, der auch an anderen Orten und zu anderen Tageszeiten Übelkeit hervorgerufen hätte. Schumann stand in der Herrentoilette des Hauptbahnhofs und guckte auf den Toten. Der lag auf dem Bauch, das Gesicht auf die Fliesen gedrückt, ein Bein unnatürlich abgewinkelt. Die Fotografen machten ihre Fotos. Schumann hörte, wie nebenan ein Polizist kotzte.

Fiedler hockte sich hin und drehte den Toten auf den Rücken. »Drei Einschüsse im Brustbereich. Der war sofort tot«, sagte er sachlich. Dann durchwühlte er die Taschen des Toten. »Keine Ausweispapiere.«

Schumann nahm den Hut ab und wischte sich den kalten Schweiß von der Stirn. »Was soll das? Was soll diese gottverdammte Schweinerei?«

»Wie es aussieht«, kommentierte Fiedler vom Boden aus, »handelt es sich um eine Auseinandersetzung in Unterweltkreisen. Drei Männer haben Mario Lubitsch in seinem Hotelzimmer aufgelauert. Es gelang ihm, einen von ihnen anzuschießen. Dann flüchtete er hierher, in den Hauptbahnhof. Hier hat er den zweiten erschossen. Nach der Beschreibung der Hotelfrau ist das nämlich nicht Lubitsch.«

»Wir müssen den Hauptbahnhof abriegeln und jeden Quadratmeter absuchen«, sagte Schumann. »Lubitsch und der dritte Mann können sich noch auf dem Gelände befinden.«

»Wenn einer von beiden nicht schon tot ist«, sagte Fiedler. Sein Pieper meldete sich. »Na, was sag ich?«

Schumann lehnte sich schweratmend an die Wand. »Dir macht das wohl gar nichts aus, wie?«

Fiedler klopfte Schumann auf die Schulter. »Die Zeiten haben sich geändert, Robert. Leipzig liegt jetzt mitten in Europa.«

Ein Polizist mit Funkgerät kam in die Toilette. »Wir haben noch einen Toten gefunden.«

»Wo?« fragte Fiedler.

»Ganz in der Nähe vom ›Sächsischen Hof‹, in einer Toreinfahrt.«

XVI

»Es gibt keinen Mario Lubitsch, jedenfalls keinen in Deutschland registrierten. Die Fingerabdrücke sind ebenfalls unbekannt.«

»Und die anderen?« fragte Schumann.

»Die hatten keine Papiere bei sich, aber sie konnten anhand ihrer Fingerabdrücke identifiziert werden. Es handelt sich um drei Ganoven aus dem Hamburger Milieu, die für Geld und Gefälligkeiten schon mal den einen oder anderen zusammengeschlagen haben. Körperverletzung, Nötigung, versuchter Totschlag.«

»Profis also«, sagte Schumann. »Dann muß es sich bei diesem Mario Lubitsch auch um einen Profi handeln. Schließlich ist er mit allen dreien fertig geworden. Dem ersten hat er ins Bein geschossen, den zweiten hat er auf der Herrentoilette erledigt, dem dritten hat er den Schädel eingeschlagen. Bei den ersten beiden stand er unter Druck, weil er überrascht wurde. Den dritten hat er gesucht und eiskalt umgebracht.«

Fiedler stimmte zu. »Vermutlich waren wir schon im Hotel, als es passierte, keine fünfzig Meter entfernt.«

»Deshalb hat er nicht geschossen, sondern zugeschlagen«, sinnierte Schumann. »Ich frage mich, ob es einen Zusammenhang mit der anderen Geschichte, diesem Bordellkrieg, gibt. Vielleicht ist Lubitsch einer der Bosse.«

»Und dann hat er in einer miesen Absteige wie dem ›Sächsischen Hof‹ gewohnt? Nee.« Fiedler schüttelte den Kopf. »Unter dem ›Merkur‹ hätte er es nicht getan.«

Schumann lehnte sich zurück. »Es könnte eine Tarnung sein.«

»Und trotzdem haben sie ihn gefunden? Irgendwas stimmt da nicht, Robert.«

Schumann griff sich mit der rechten Hand ins Gesicht und rieb darin herum, bis die Gesichtshaut einen leichten rosa Schimmer bekam. »Irgendwas stimmt an der ganzen Sache nicht. Und ich bin viel zu müde, um einen klaren Gedanken zu fassen. Also, was schlägst du vor?«

»Wir haben noch den Mann mit dem Beinschuß. Er hat eine Menge Blut verloren, aber er kommt durch, sagt der Arzt.«

»Gut. Fahr zum Krankenhaus, damit du zur Stelle bist, wenn er aufwacht. Ich versuche ein bißchen mehr über Mario Lubitsch herauszukriegen.«

Es klopfte an der Tür und unmittelbar darauf stand Kriminaldirektor René Müller im Raum.

»Schumann, Fiedler!« Ein energisches Kopfnicken.

»Guten Morgen, Herr Müller!« sagte Schumann. Er kannte Müller schon seit vielen Jahren. Und er hätte beschwören können, daß Müller früher als IM für die Stasi gearbeitet hatte.

»Ich hörte, Sie haben heute nacht eine Menge Arbeit bekommen.«

»Zwei Tote und einen Schwerverwundeten kann man so bezeichnen, Herr Müller. Und wenn ich hinzufügen darf: Ich brauche mehr Personal.«

Müller setzte sich auf eine Schreibtischkante. »Ich denke darüber nach, Schumann. Aber Sie kennen ja die Situation. Das Drogendezernat und die Sitte stöhnen auch vor Überlastung. Andererseits, und da bin ich mit dem Polizeipräsidenten einer Meinung, muß die Sache so schnell wie möglich aufgeklärt werden. Leipzig muß raus aus den Schlagzeilen. Wir wollen nicht, daß uns die Medien den Ruf einer Hochburg des Verbrechens anhängen. ›Chicago des Ostens‹ und ähnlicher Blödsinn, der neuerdings geschrieben wird.«

»Wir tun unser Bestes«, sagte Schumann.

Müller nickte. »Da ist noch etwas anderes. Ich war gerade in der Leitzentrale. Jemand hat gemeldet, daß im Elsterbecken ein Toter schwimmt. Kümmern Sie sich bitte darum!«

»Wenn Sie mich fragen, Herr Oberkommissar: Das ist ein Selbstmörder. Der ist von der Zeppelinbrücke gesprungen, da bin ich ganz sicher.«

Der uniformierte Beamte neben Schumann rieb sich die kalten Hände. Der Morgen war grau und wolkenverhangen, und ein stetiger Ostwind pumpte kühle Luft nach Sachsen. Sie standen auf der schmalen Uferbefestigung. Hinter ihnen lag der Heinrich-Heine-Park und vor ihnen das Elsterbecken, über dessen Wasserfläche Nebelfetzen trieben. Ein Jogger, auch die gab es neuerdings in Leipzig, hatte auf seiner morgendlichen Strecke die Leiche entdeckt und die Polizei alarmiert. Zwei Polizisten in einem Ruderboot versuchten gerade, die Leiche einzufangen.

»Schon möglich«, sagte Schumann.

»Ganz sicher«, beharrte der Beamte. »Alle paar Wochen springt einer von der Brücke. Ich habe im Revier angeregt, daß man ein höheres Gitter anbringt, so eine Art Selbstmörderschutz. Aber dafür ist wieder mal kein Geld da.«

»Wir haben ihn«, rief einer der Bootsfahrer.

Langsam näherte sich das Boot dem Ufer. Sie hatten gar nicht erst riskiert, die Leiche ins Boot zu ziehen. An einer Leine befestigt, pflügte der Körper durchs Wasser.

»Helfen Sie ihnen!« sagte Schumann. Wasserleichen konnte er am wenigsten ausstehen. Noch weniger als Leichen in Herrentoiletten.

Mit vereinten Kräften gelang es den drei Polizisten, den leblosen Körper auf die Uferbefestigung zu bugsieren. Der Tote trug nichts weiter als einen Bademantel, soviel konnte Schumann von seiner Position aus erkennen.

»Gucken Sie mal, Herr Kommissar! Das ist aber komisch.«

Was kann an einer Wasserleiche komisch sein, dachte Schumann. Widerwillig näherte er sich der Gruppe, und dann sah er es auch: Im Nacken des Toten steckte ein Stück Metall.

Schumann war jetzt 32 Stunden auf den Beinen, nur unterbrochen von den zwei Stunden, die er in der letzten Nacht im Bett gelegen hatte. Sein Herz hämmerte in der Brust, und die Hand, die den fünfzehnten Becher Kaffee hielt, zitterte wie bei einem Alkoholiker im Endstadium. Schumann war fix und fertig.

Der verwundete Gangster im Krankenhaus war noch nicht wieder aufgewacht, und Schumann hatte Fiedler ins Bett geschickt und durch eine junge Beamtin ersetzt, die neben dem Krankenzimmer Wache schob. Die Nachforschungen im Hotel hatten auch nichts Neues erbracht. Keiner der Hotelangestellten und der Gäste wußte etwas Nennenswertes über Mario Lubitsch zu berichten. Immerhin gab es jetzt ein Phantombild, vom Polizeizeichner angefertigt, das Ähnlichkeit mit jedem zweiten männlichen Einwohner Europas zwischen 20 und 50 Jahren aufwies. Schumann war mit seinem Latein am Ende, zumindest für heute. Er wollte gerade aufstehen, um nach Hause zu fahren, als das Telefon klingelte.

»Müller hier. Können Sie mal bitte raufkommen!«

»Auch das noch«, brummte Schumann und verfluchte seine eigene Entschlußlosigkeit. Fünf Minuten früher hätte er aufbrechen sollen.

Müller war nicht allein. Neben ihm saß ein Mann, der aussah wie ein Börsenmakler oder Wirtschaftsmanager oder Schauspieler, jedenfalls wie einer dieser Typen, die man abends im Fernsehen bewundern konnte. Er trug geföntes Haar, einen dreiteiligen Maßanzug, eine bunte Krawatte mit goldglänzendem Krawattenhalter und staubkörnchenfreie elegante Schuhe. Wessi, dachte Schumann.

Müller machte es förmlich: »Darf ich vorstellen: Kriminaloberrat Hartgen vom BKA, Oberkommissar Schumann.«

Schumann streckte seine Hand aus, und Hartgen nahm sie wie einen schmutzigen Putzlappen.

Müller setzte seine Vorgesetztenmiene auf. »Da ist einiges aus dem Ruder gelaufen, Schumann. Ich muß schon sagen, Sie haben ziemlich eigenmächtig gehandelt.«

»Inwiefern?« Schumann guckte Müller an.

Der schielte zu Hartgen hinüber. »Herr Hartgen! Vielleicht können Sie Herrn Schumann einweihen.«

»Ad eins«, sagte Hartgen, »in Leipzig steckt die organisierte Kriminalität ihre *claims* ab. Ich bin, Herr Müller hat das vergessen zu erwähnen, im BKA für organisierte Kriminalität zuständig. Was den Glücksspiel-, Prostitutions- und Bordellbereich angeht, in Leipzig, meine ich, gibt es zwei große Konkurrenten. Auf der einen Seite Riemenschneider, auf der anderen Pancic. Pancic ist vermutlich nur ein Strohmann, aber wir wissen noch nicht, in wessen Auftrag er handelt. Wir observieren die Szene seit einiger Zeit, aber es reichte bislang noch nicht für einen Zugriff. Wir wollen die Hintermänner, verstehen Sie?«

Schumann verstand gar nichts mehr. »Wer ist Riemenschneider? Wer ist Pancic?«

Hartgen zog seine linke Augenbraue hoch. »Leipziger Vergnügungsstätten GmbH, sagt Ihnen das was?«

»Sicher. ›Club Venus‹.«

»Richtig. Riemenschneider ist, über einige Umwege, die uns jetzt nicht interessieren, der Besitzer der Vergnügungsstätten GmbH. Und Pancic haben Sie heute morgen aus dem Wasser gezogen.«

»So klärt sich alles auf«, sagte Kriminaldirektor Müller, um nicht in Vergessenheit zu geraten.

Hartgen bedachte ihn mit einem herablassenden Blick. »Ad zwei«, fuhr er in Richtung Schumann fort, »haben Sie sich in den Konkurrenzkampf eingemischt, ohne zu wissen, was Sie tun. Vor allem, ohne die zuständigen Behörden zu informieren. Für organisierte Kriminalität sind nun mal die Landeskriminalämter und, da die LKAs hier im Osten noch im Aufbau begriffen sind, das Bundeskriminalamt zuständig.«

»Im Zusammenhang mit dem ›Club Venus‹ habe ich wegen versuchten Totschlags ermittelt«, wandte Schumann ein.

»Seien Sie nicht naiv«, entgegnete Hartgen. »Sie haben richtig kombiniert, daß die Skins nur im Auftrag gehandelt haben. Und Sie haben einen der Unterbosse von Pancic verhaftet. Mirko Sebisch.«

»Woher sollte ich wissen, daß er nur ein Unterboß ist?«

»Eben. Woher sollten Sie überhaupt etwas wissen? Und wie erklären Sie sich die drei Toten von heute?«

Schumann wurde es schwindelig. Er spürte, wie sein Kreislauf wegsackte. Diesem Oberrat wäre er auch ausgeruht unterlegen gewesen, aber im Zustand geistiger Erschöpfung war er für ihn nichts weiter als ein Fußabtreter.

»Gar nicht«, flüsterte Schumann.

»Wie bitte?«

»Ich kann es mir gar nicht erklären.«

»Ad drei«, fuhr Hartgen ungerührt fort, »haben Sie durch die Verhaftung von Sebisch die Entwicklung beschleunigt. Sie haben den Mörder von Pancic geradezu gezwungen, sofort zu handeln. Und uns damit die Möglichkeit genommen, die Hintermänner von Pancic zu ermitteln.«

»Ich muß schon sagen, Schumann: ein starkes Stück«, warf Müller ein.

Schumann schloß die Augen.

»Herr Schumann«, setzte Hartgen zur finalen Attacke an, »wissen Sie, daß Sie den Mörder von Pancic hier in Ihrem Büro hatten?«

»Nein«, stöhnte Schumann.

»Andreas Thewald alias Mario Lubitsch, ein bezahlter Profikiller. Riemenschneiders bester Mann.«

Schumann sammelte seine letzten Kraftreserven. »Und wer hat den Auftrag gegeben, *ihn* umzubringen?«

Hartgen entfernte eine imaginäre Fluse von der Krawatte. »Jede Frage kann ich Ihnen auch nicht beantworten.«

Schumann schloß wieder die Augen, Müller starrte pikiert auf seine Fingernägel, und Hartgen sagte in die entstandene Stille hinein: »Wir haben im Osten noch eine Menge Aufbauarbeit zu leisten.«

Das war das Letzte, was Schumann hörte, bevor er vom Stuhl kippte.

XVII

Lubitsch verkroch sich in einem kleinen Hotel im Bergischen Land, wo Handelsvertreter ihre langen Abende mit dem Ausfüllen von Buchungslisten verbrachten. Ungefähr zwanzig Mal hatte er das Telefon in seiner Wohnung klingeln lassen und dann, mit verstellter Stimme, im ›Cher ami‹ angerufen und nach Roberta gefragt. Sie sei nicht da, hieß es, und man wisse auch nicht, wo sie zu finden sei.

Auf der Rückfahrt von Leipzig hatte er darüber nachgedacht, wie ihn die drei Typen aufspüren konnten, und er war zu dem Schluß gekommen, daß ihn jemand verraten hatte. Außerdem kannten nur sehr wenige Menschen seinen richtigen Namen, unter dem er im ›Sächsischen Hof‹ logiert hatte, und zwei davon waren Almstedt und Riemenschneider. Deshalb hatte er seine Wohnung in der großen Stadt am Rhein gemieden und ein Zimmer in diesem lausigen Hotel genommen, das fernab von allem lag, mit dem er jemals in Berührung gekommen war.

Er schlief fünfzehn Stunden lang, mit zweiminütiger Unterbrechung durch das mürrische Klopfen der Putzfrau, die sofort von ihrem Vorhaben abließ, als sie Lubitsch gegenüberstand. Gegen Abend stand er auf, duschte sich heiß und kalt und entfernte den Dreitagebart. Im rustikal eingerichteten Speisesaal des Hotels zwang er sich, etwas zu essen. Dann machte er sich auf den Weg. Den blauen Audi hatte er schon vor zwei Tagen am Straßenrand stehen lassen und einen Mietwagen genommen.

Diese und die folgende Nacht beobachtete er das ›Cher ami‹, bis er sicher war, daß sich Roberta nicht verleugnen ließ. Am nächsten Morgen rief er Almstedt an.

Der alerte Manager wirkte angespannt. »Mario, wo hast du gesteckt?«

»Was habt ihr mit Roberta gemacht?«

»Sie hatte einen kleinen Schwächeanfall, von dem sie sich erholt.«

»Wo?«

»Sie ist in Sicherheit, Mario. Es geht ihr gut.«

»Laßt sie gehen! Sofort!«

»Ich glaube, du bist etwas überarbeitet, Mario. Es gibt kein Problem, ehrlich.«

»Du kriegst ein Problem, Almstedt. Ich kann dich abknallen, überall und jederzeit, sobald du deine Nase in der Öffentlichkeit zeigst.«

»Laß uns darüber reden, Mario! Paß auf, ich mache dir einen Vorschlag: Wir treffen uns heute abend um acht in Riemenschneiders Haus. Roberta wird auch da sein.«

Lubitsch lachte heiser. »Für wen hältst du mich? Für einen Vorstadt-Ganoven, den man mit einem Bauernfängertrick reinlegen kann?«

»Also wirklich, Mario!« Almstedt tat beleidigt. »Ich weiß, daß in Leipzig einiges schiefgelaufen ist. Riemenschneider selbst ist stinksauer darüber. Irgendwo in unserer Organisation gibt es eine undichte Stelle. Wir arbeiten fieberhaft daran, sie zu finden. Und – da kannst du sicher sein – wir werden hart durchgreifen, wenn wir die faule Nuß gefunden haben.«

»Der Fisch stinkt vom Kopf«, sagte Lubitsch.

Almstedt stöhnte. »Wir haben geahnt, daß du dir so einen Quatsch zusammenreimst. Deshalb haben wir Roberta ein paar Tage aus dem Verkehr gezogen. Übrigens mit ihrem vollen Einverständnis. Als Sicherheit sozusagen, damit du nicht durchdrehst. Sobald wir uns mit dir geeinigt haben, kriegst du deine Knete, und ihr beide könnt in Urlaub fahren. Wolltet ihr nicht nach Martinique?«

»Ich rufe in einer halben Stunde wieder an«, sagte Lubitsch. »Dann will ich mit Roberta sprechen. Falls ihr der Frau etwas antut, kannst du dich zusammen mit Riemenschneider begraben lassen.«

Lubitsch hängte ein und verließ die Telefonzelle. Er war kalkweiß vor Wut. Sie hatten Roberta als Geisel genommen, und das bedeutete nicht mehr und nicht weniger als ein Schuldeingeständnis. Er sollte in Leipzig geopfert werden, vermutlich, um nach dem Tod von Pancic mit der Gegenseite Frieden zu schließen. Und dafür, das schwor er sich, würde er sich rächen. Aber zuerst mußte er Roberta in Sicherheit bringen.

Er tigerte ziellos durch das Geschäftszentrum. In der Stadt am Rhein war der Frühling ausgebrochen, und die Passanten trugen grundlosen Optimismus zur Schau. Unter lauter fröhlichen Menschen kam sich Lubitsch so verloren vor wie ein Albino auf der Sonnenbank. Eine halbe Ewigkeit oder Viertelstunde später betrat er erneut eine Telefonzelle.

»Wie geht's dir?« fragte Lubitsch.

»Gut.« Robertas Stimme klang dünn. »Sie behandeln mich anständig.«

»Ich hole dich da raus. Sehr bald.«

»Was ist eigentlich los, Paul? Warum sind hier alle so nervös?«

»Das erzähle ich dir später. Gib mir Almstedt!«

»Na, was habe ich gesagt?« schleimte Riemenschneiders rechte Hand. »Alles in bester Ordnung.«

»Hör zu«, knurrte Lubitsch ihn an, »ich will, daß Riemenschneider mir mein Geld persönlich übergibt, in Begleitung von Roberta.«

»Kein Problem. Ich mache sofort einen Termin bei ihm aus...«

»Du hast mich falsch verstanden«, unterbrach ihn Lubitsch. »Ich gehe nicht zu ihm, er kommt zu mir.«

»Aber, Mario«, protestierte Almstedt, »Riemenschneider ist ein kranker Mann. Er verläßt nicht gern sein Haus.«

»Du hast es immer noch nicht begriffen«, sagte Lubitsch. »Wir spielen nach meinen Regeln.«

Almstedt kapitulierte. »Was schlägst du vor?«

»Morgen mittag um eins sitzt Riemenschneider in seinem Wagen, zusammen mit Roberta. Keine Leibwache. Habe ich mich verständlich ausgedrückt?«

»Treib es nicht auf die Spitze, Mario! Riemenschneider mag dich. Die Frage ist nur: wie lange noch?«

XVIII

Lubitsch trug einen fleckigen blauen Arbeitsanzug und eine blaue Schirmmütze, die er tief ins Gesicht gezogen hatte. In der rechten Hand hielt er eine abgenutzte braune Aktentasche. Er ging die Straße entlang, bis zu der großen Baustelle, die die rechte Fahrspur blockierte. Dann setzte er sich auf die angrenzende Wiese und öffnete die Aktentasche. Von weitem sah es so aus, als würde ein Bauarbeiter sein Mittagessen auspacken.

Lubitsch nahm ein weißes Funktelefon aus der Tasche und wählte eine Nummer. Als die Verbindung zustandekam, sagte er nur: »Lubitsch.«

»Mario, mein Junge, ich muß schon sagen, du mutest mir eine Menge zu.« Riemenschneider klang väterlich und enttäuscht zugleich. »Wenn du es nicht wärst, ich würde dich zur Hölle schicken.«

»Falls ich zuerst da sein sollte, werde ich auf dich warten«, sagte Lubitsch. »Bist du abfahrbereit?«

»Ich hocke wie ein Hamster im Käfig. Es könnte nicht unbequemer sein.«

»Ist Roberta bei dir?«

Das Telefon wurde weitergereicht. »Paul?« Robertas Stimme kam zögernd.

»Sei unbesorgt! Es wird alles gut enden.«

»Ich habe Angst.«

»Hab Vertrauen zu mir! Ich weiß, was ich tue.«

»Das hoffen wir alle«, sagte Riemenschneider. Offensichtlich hatte er den Lautsprecher eingeschaltet. »Ich bin auf deiner Seite, mein Junge, glaube mir! Das in Leipzig war eine böse Panne. Ich kann verstehen, daß du sauer bist. Aber, herrgottnochmal, das ist doch kein Grund, mich wie ein Arschloch zu behandeln.«

»Fahr los!« sagte Lubitsch. »Richtung Stadtmitte.«

Er schob die Antenne zurück und verstaute das Telefon in der Aktentasche. Dann nahm er zwei Tabletten. Er beobachtete seine Hände. Sie zitterten ganz leicht. Zehn Meter vor ihm warf ein Arbeiter ein Monstrum an, das mit einem riesigen Stoßzahn die Straße aufriß. Die Mittagspause war beendet.

Beim zweiten Anruf dirigierte Lubitsch Riemenschneider zu einem Gebäude in der Innenstadt, beim dritten sagte er, daß er es sich anders überlegt habe und der Treffpunkt nun außerhalb der Stadt liege.

Der Mercedes-Kombi mit dem hohen Aufbau näherte sich der Baustelle, als der Mann mit der rotweißen Fahne den Verkehr zum Stoppen brachte. Lubitsch ging an den haltenden Wagen vorbei und registrierte befriedigt, daß außer Riemenschneider und Roberta nur ein Chauffeur im Kombi saß. Er öffnete die Hecktür und schob sich blitzschnell hinein.

Riemenschneider schien nicht überrascht. Sein Rollstuhl war an der Seitenwand des Kombi befestigt, und der fette, alte Mann hing wie ein unförmiger Fleischkloß in dem Gestühl. Er trug eine schlichte Stoffhose und ein weißes Hemd. Die wenigen Haare waren kurz geschnitten und in derselben grauen Farbe wie der Seemannsbart, der das hängende Kinn verdeckte. Das einzige, was ihn von einem Insassen eines Altenpflegeheims unterschied, war die 40-Marks-Havanna im Mund.

»Ich dachte mir, daß du dir etwas Besonderes einfallen läßt«, sagte Riemenschneider. Er stieß genußvoll ein paar dunkle Wolken aus, als wollte er die Rauchzeremonien der karibischen Ureinwohner kopieren.

Lubitsch zog seine Pistole aus der Hosentasche, richtete sie auf den querschnittgelähmten Mann und tastete ihn mit der freien Hand ab.

Riemenschneider lächelte. »Du weißt doch, daß ich keine Waffe trage.«

»Gib mir deine Knarre!« wandte sich Lubitsch an den Chauffeur.

Der Mann im dunkelgrauen Livree guckte starr geradeaus.

»Gib sie ihm, Tom!« wiederholte Riemenschneider.

Ein Griff unter die Uniformjacke, und ein elfenbeinbeschlagener Colt wurde nach hinten gereicht.

»Und jetzt wenden!« kommandierte Lubitsch.

Wieder tat der Chauffeur so, als habe er nichts gehört.

»Tu, was er sagt!« dröhnte Riemenschneiders Baß.

Während Tom den Rückwärtsgang einlegte, hockte sich Lubitsch hinter den Fahrersitz und klopfte mit dem Pistolenlauf auf die Chauffeursmütze: »Von jetzt an machst du sofort, was ich sage, und nicht erst, wenn Riemenschneider es wiederholt! Ist das klar?«

Tom zuckte nicht einmal: »Vollkommen klar.«

Das Fahrzeug schoß aus der Lücke und fädelte sich in den entgegenkommenden Verkehr ein. Lubitsch beobachtete die Autos, die hinter dem Kombi standen. Vier Wagen weiter ruderte ein Mann verzweifelt am Lenkrad. Seine drei Mitinsassen warfen Lubitsch böse Blicke zu.

Lubitsch blitzte Riemenschneider an: »Habe ich nicht gesagt: ohne Leibwache?«

Vorsichtig streifte der dicke Mann etwas Asche ab. »Du kennst doch Almstedt. Ich konnte ihn nicht davon abbringen.«

Roberta hatte das Geschehen mit schreckgeweiteten Augen verfolgt. Eingeschüchtert saß sie neben Riemenschneider auf der lederbezogenen Bank. Als Lubitsch sie mit der Hand berührte, zuckte sie wie von einem elektrischen Schlag getroffen zusammen.

Lubitsch reichte ihr einen Zettel. Nachdem sie die wenigen Zeilen gelesen hatte, öffnete sie zum ersten Mal den Mund: »Was hat das alles zu bedeuten, Paul? Warum nennt Herr Riemenschneider dich Mario?«

»Später, Liebes, später! Halte dich genau an meine Anweisungen!«

Lubitsch guckte durch die Heckscheibe. Der Wagen mit den Gorillas hatte inzwischen ebenfalls das Wendemanöver geschafft. Aber der Abstand hatte sich auf über zehn Autos vergrößert.

Lubitsch tastete den Fernseher, den Videorecorder und den CD-Player ab. »Klettere mal nach vorne und untersuche das Armaturenbrett«, sagte er zu Roberta, »wahrscheinlich klebt irgendwo ein Sender.«

Riemenschneider grinste. »Sei nicht albern, Mario!« Er drückte auf einen Knopf, und der Barschrank öffnete sich. »Möchtest du auch die Bar untersuchen? Bei der Gelegenheit könnten wir gleich einen Drink nehmen.« Er nahm ein Glas aus dem obersten Fach und kippte aus einer dickbäuchigen Flasche etwas braune Flüssigkeit hinein.

Lubitsch guckte unter den Rollstuhl. Ein daumennagelgroßer japanischer Exportartikel mit zwei Drähten hing unter der Sitzfläche. Lubitsch rupfte ihn ab. »Du kannst zurückkommen«, rief er Roberta hinterher.

»Prost!« sagte Riemenschneider.

Lubitsch drückte Roberta den Sender in die Hand. »Wir halten vor dem nächsten Kaufhaus. Du gehst hinein und legst den Sender auf einen Wühltisch. Dann verläßt du das Kaufhaus durch einen anderen Ausgang und nimmst ein Taxi. Anschließend machst du das, was ich dir aufgeschrieben habe.«

Roberta nickte. Lubitsch küßte sie auf die Stirn. »Wir schaffen es«, flüsterte er in ihr Ohr.

»Ob sie es schaffen wird?« fragte Riemenschneider fünf Minuten später. Sie fuhren wieder stadtauswärts.

»Wo soll's denn hingehen?« erkundigte sich der Chauffeur.

»Fahr auf die Autobahn Richtung Münster!« kommandierte Lubitsch.

Riemenschneider stöhnte. »Ich hoffe, du hast keine längere Reise mit mir vor. Unterhalb der Hüfte bin ich taub. Weißt du, was das bedeutet?« Er wartete die Antwort nicht ab. »Sobald meine Pampers voll sind, wird es hier gewaltig stinken.«

Als Lubitsch sicher war, daß sie nicht mehr verfolgt wurden, befahl er Tom, die Autobahn zu verlassen und Kurs auf das Bergische Land zu nehmen.

Riemenschneider steckte die zweite Zigarre an und kippte das dritte Glas Whisky. Dann hob er einen Umschlag auf, der auf der Bar gelegen hatte, und hielt ihn Lubitsch hin. »Dein Honorar.«

Lubitsch nahm das Bündel Geldscheine heraus und verstaute es, ohne nachzuzählen, in der Innentasche seiner Jacke.

»Und was machen wir jetzt?« fragte Riemenschneider.

»Wir unterhalten uns.«

»Mein Gott, Mario, hättest du das nicht einfacher haben können? Du wärst zu mir gekommen, wir hätten uns zusammengesetzt und die ganze Geschichte durchgesprochen, so wie das zwischen zwei Freunden üblich ist.«

»Ist es auch üblich, daß ein Freund den anderen umbringt?«

Dicke Schweißperlen kullerten über Riemenschneiders Gesicht und verfingen sich in seinem Bart. »Vergiß Leipzig!« brüllte er fast. »Ich liebe dich doch. Du bist so etwas wie ein Sohn für mich. Ich habe dir alles beigebracht. Wer warst du denn, als du zu mir kamst? Ein Typ, der hart zuschlagen und schnell schießen konnte. Ohne mich wärst du heute längst tot oder würdest lebenslänglich im Knast sitzen. Ich habe dir beigebracht, wie man im Business überlebt. Und wie war das '83 in Hamburg, als du diese miese kleine Ratte von Zuhälter erstochen hast? Wer hat die Zeugen unter Druck gesetzt, damit sie vor Gericht umfielen? Wer hat die Bullen geschmiert? Ich. Ich. Ich.«

Lubitsch nickte bedächtig. »Ich war dir dankbar. Und ich habe bedenkenlos jeden aus dem Weg geräumt, der dir in die Suppe spucken wollte. Genauso bedenkenlos, wie du mich in Leipzig abservieren wolltest.«

»Verfluchte Scheiße.« Riemenschneider spuckte ein paar Tabakkrümel auf den Boden. »Ich weiß nicht, wer dich verpfiffen hat. Vielleicht sogar Almstedt, dieser arrogante Pinkel, der kein Herz hat, sondern nur Bilanzen im Kopf. Ich kann diesen Typ nicht leiden, aber ich bin auf ihn angewiesen. Guck mich an!« Er beugte sich so weit vor, wie es ihm möglich war. »Ich bin ein kranker, alter Mann, an den Rollstuhl gefesselt. Ich kann mich nicht mehr um alles kümmern.«

»Warum?« fragte Lubitsch.

»Mario, du bist krank. Ich habe mit Doktor Finkelkötter gesprochen. Du siehst die Welt nicht mehr klar. Laß uns noch einmal von vorne anfangen! Mach einen langen Urlaub oder geh in eine Klinik, und dann sehen wir weiter.«

»Warum?« wiederholte Lubitsch.

Riemenschneider atmete schwer. »Du willst mich umbringen, nicht wahr? Das ist es doch, oder? Na und? Ich bin sowieso halbtot. Was macht es schon, ob ich heute sterbe oder in ein oder zwei Jahren?«

»Ich will es wissen«, sagte Lubitsch.

»Was willst du wissen, verdammt nochmal?«

»Warum du es getan hast?«

Riemenschneider schielte nach unten. »Oh nein, auch das noch! Ich habe mir in die Hose gemacht. Ja, du hast recht, ich habe Angst um mein verschissenes Leben. Ich will noch nicht sterben.«

Der Wagen stoppte, und Tom drehte sich um. Lubitsch sah eine winzige Pistole in seiner Hand, unbrauchbar für Entfernungen von mehr als zehn Metern, aber für Schießereien im Inneren eines Autos durchaus tauglich. Doch Tom war nicht schnell genug. Bevor er abdrücken konnte, hatte eine Kugel seine Hand in einen blutigen Klumpen verwandelt. Im selben Moment sprang Lubitsch über den Vordersitz, stieß den schreienden Chauffeur aus dem Wagen und setzte sich selbst hinter das Lenkrad.

Die ganze Aktion hatte weniger als zehn Sekunden gedauert. Im Rückspiegel sah Lubitsch, wie sich der Chauffeur aufrappelte und zum Straßenrand schlich.

»Bravo«, sagte Riemenschneider von hinten, »du hast nichts verlernt.«

Oberhalb des Ortes, in dem sich Lubitsch die letzten Tage versteckt hatte, gab es ein kleines Wäldchen. Dort hatte er seinen Mietwagen abgestellt, und dorthin lenkte er jetzt auch den schweren Mercedes-Kombi. Als sie über den Waldweg rumpelten, sagte Riemenschneider:

»Gibt es etwas, das dich davon abhalten könnte? Eine Million? Zwei Millionen?«

Lubitsch antwortete nicht. Er parkte neben dem Mietwagen, stieg aus, öffnete die Hecktür und betätigte den Schalter für die Rampe. Dann klinkte er die Rollstuhlsicherung aus und zog Riemenschneider samt Stuhl auf den Waldboden.

Er beugte sich von hinten über den riesigen Kopf: »Warum?«

»Das ist Politik, Mario, das verstehst du nicht. Ich bin nicht allein im Geschäft. Es gibt andere, die genauso mächtig sind wie ich, vielleicht sogar mächtiger. Man muß Kompromisse schließen, eine Hand wäscht die andere. So ist das eben.«

Mit einem Ruck kippte Lubitsch den Rollstuhl um. Der fette Mann lag auf dem Boden und schnappte nach Luft. Mit seinem unbeweglichen Unterleib sah er aus wie ein gestrandeter Wal. Mühsam stützte er sich auf und schrie: »Dann mach's doch! Knall mich endlich ab! Worauf wartest du noch?«

Lubitsch ging in die Hocke. Beißender Gestank drang ihm in die Nase. Er setzte dem anderen die Pistole auf die Stirn und wartete.

Nach drei Sekunden brach Riemenschneider zusammen. Er schluchzte wie ein dreijähriges Kind.

Lubitsch bleckte die Zähne. »Es wäre viel zu einfach, dich jetzt umzubringen. Du sollst noch eine Weile Angst um dein Leben haben.«

Riemenschneiders Stimme klang dumpf, weil er den Mund im Moos hatte: »Geht es um Almstedt? Ich liefer ihn dir auf einem silbernen Tablett, wenn du mich dafür am Leben läßt.«

Lubitsch setzte sich neben Riemenschneider auf das Moos. Nach einer Weile summte das Telefon. Es war Roberta, die den Bahnhof erreicht hatte. Lubitsch sagte ihr, sie solle sich weiter an seine Anweisungen halten. Dann legte er das Telefon zwischen sich und Riemenschneider.

»Sollte Roberta etwas zustoßen, komme ich zurück, und du wirst einen langsamen und qualvollen Tod sterben.«

Riemenschneider richtete sich auf, als Lubitsch den Motor seines Mietwagens anließ.

»Das wird dir noch leid tun«, murmelte er.

XIX

In Norditalien hatte die heiße Jahreszeit begonnen. Aus allen Ecken strömten die wildesten Gerüche, die sich mit dem Gestank der hupenden, dicke Qualmwolken ausstoßenden Autos vermischten.

Mario Lubitschs Oberkörper war leicht nach vorne gebeugt. Die Hitze schien ihm nichts auszumachen, denn er trug seine braune Lederjacke. Er interessierte sich nicht für das Leben ringsherum, trotzdem war er auf der Hut. Sein fahles, ausgezehrtes Gesicht bewegte sich mal nach links, mal nach rechts, gelegentlich blieb er stehen, so, als betrachtete er die Auslage eines Geschäftes, und ließ die Passanten an sich vorbeiströmen, immer auf der Suche nach einer falschen Bewegung, einem plötzlichen Stehenbleiben, einer Person, die *ihn* beobachtete, ihn, den unauffälligen Spaziergänger im frühabendlichen Parabiago.

Parabiago war ein Vorort von Mailand, eigentlich ein Dorf, das durch die vierspurige Schnellstraße und die nahe gelegene Autobahn in den Sog der Metropole geraten war. Die Schnellstraße säumten Fabriken, Kaufhallen und Motels, in denen Besucher der Mailänder Kongresse und Messen Unterschlupf fanden, der Ortskern selbst bestand aus schmucklosen zweistöckigen Häusern. Ein Ort wie viele andere in der norditalienischen Tiefebene.

Lubitsch fühlte sich nicht wohl. Seine Tabletten gingen zur Neige, und er hatte die Dosierung senken müssen. Hitze- und Kältewellen durchfuhren in unregelmäßigem Rhythmus seinen Körper, der von jedem Gramm überflüssigen Fett befreit war. Ein Körper, der nur noch aus Haut, Knochen und Muskeln bestand. Lubitsch hielt diesen Körper so fit, wie es eben ging. Er lutschte oder trank die Nahrung, die er brauchte, und wann immer es ihm möglich war, machte er Übungen, um seine Kraft und Geschmeidigkeit zu erhalten. Denn er war noch nicht fertig. Ein oder zwei Aufgaben lagen noch vor ihm, und er wollte sie so erledigen, wie er alle Aufgaben erledigt hatte: präzise und ordentlich. Das war ihm wichtig. Nicht jetzt, kurz vor dem Ende, die Linie verlieren, unnötige Risiken eingehen, den vielleicht entscheidenden Moment zu spät sein.

Er erreichte die Schnellstraße und wartete, bis die Fußgängerampel auf Grün sprang. Auf der anderen Seite, ein wenig abseits der Straße, lag das Motel ›Croce Verde‹, ein weißer Kasten im seelenlosen Funktionalstil. Lubitsch ging über den Parkplatz, der von Winzbäumchen verziert wurde, und betrat die Eingangshalle. Roberta saß auf einem Ledersofa in der Nähe der Bar. Sie blätterte in einem Magazin.

»Ciao, mia cara!« sagte Lubitsch.

Roberta fuhr herum. Sie hatte ihn nicht kommen hören. In ihrem Gesicht mischte sich Schrecken mit freudiger Überraschung. Dann, nach einer Sekunde der Starrheit, sprang sie auf und fiel ihm um den Hals.

»Ich war so allein«, murmelte sie mit geschlossenen Augen.

»Es ist vorbei«, sagte Lubitsch.

Roberta zog ihren Kopf von seiner Schulter. »Du sprichst Italienisch?«

Lubitsch lächelte. »Ich bin Italiener, zumindest zur Hälfte.«

»Und du hast nie ein Wort Italienisch mit mir geredet!«

»Ich war Paul Müller aus dem Ruhrgebiet.«

»Und wer bist du jetzt?«

»Mario Lubitsch.«

»Ist das dein richtiger Name?«

»Das ist der Name, der mir am besten gefällt. Meine Mutter hat mir den Vornamen gegeben, und mein Vater hieß zufällig Lubitsch.«

»Warum hast du mir nie gesagt, wer du bist?«

»Hätte es dir gefallen, mit einem Killer zusammenzuleben?«

Roberta guckte auf eine Marmorsäule in der Halle. »Glaubst du, ich habe das nicht gewußt? Ein Mann kann einer Frau nichts vormachen. Die Pistolen in der Wohnung, die verschiedenen Ausweise. Du hast viel zu wenig Ahnung vom Geschäft, um andere kontrollieren zu können. Und außerdem sprichst du im Schlaf. Nein, ich habe geschwiegen, weil ich hoffte, du würdest mir eines Tages die Wahrheit sagen.« Sie wandte ihre Augen von der Säule ab. »Und weil ich dachte, es wäre für mich sicherer, die Unwissende zu spielen.«

Lubitsch senkte den Kopf. »Es tut mir leid.«

»Jetzt tut es dir leid. Wo wir uns in diesem gottverdammten Kaff verkriechen müssen, auf der Flucht vor Riemenschneiders Leuten und der Polizei. Ist das unser zukünftiges Leben?«

»Ich wollte dich nicht gefährden. Ich habe mir vorgemacht, daß ich das vermeiden kann, was jetzt passiert ist.«

Roberta lachte bitter. »Nein, Mario Lubitsch, oder wie immer du heißt, ich will nicht mit dir fliehen. Ich möchte zurück ins ›Cher ami‹. Du mußt mit Riemenschneider reden. Sag ihm, daß ich für ihn ungefährlich bin.«

»Er würde mir nicht glauben. In dem Moment, in dem mich Riemenschneider abgeschrieben hatte, war auch dein Todesurteil gesprochen. Sie haben dich nur am Leben gelassen, weil ich ihnen entwischt bin, weil sie dich als Pfand brauchten.«

Roberta taumelte, hielt sich dann an Lubitschs Jacke fest.

»Laß uns gehen!« sagte Lubitsch. »Die Leute gucken schon zu uns herüber.«

Sie verließen das Motel und schlenderten durch die schattiger und kühler werdenden Straßen. In der Nähe der Kirche setzten sie sich in ein Straßencafé und bestellten etwas zu trinken.

»Warum wollte Riemenschneider dich umbringen lassen?« fragte Roberta nach einer Weile.

Lubitsch zuckte mit den Schultern. »Vielleicht wollte er die Spuren verwischen, die zu ihm führen. Vielleicht hat er einen Deal gemacht: das Leben desjenigen, den ich getötet habe, gegen mein Leben. Riemenschneider hat es mir nicht verraten.«

»Was hast du mit Riemenschneider gemacht?«

»Ich habe ihm das Gleiche angeboten: sein Leben gegen unsere.«

»Dann sind wir jetzt in Sicherheit?«

»Wenn wir Glück haben.« Lubitsch stellte sein Campari-Glas auf den Tisch und nahm die letzte Tablette aus der Schachtel. »Du darfst niemandem verraten, wo du bist, deiner Familie nicht und auch nicht deiner besten Freundin. Mit dem Geld, das ich in der Schweiz deponiert habe, können wir einige Jahre irgendwo auf einer Insel verbringen. Danach gibt es hoffentlich keinen Riemenschneider mehr und keinen Almstedt.« Er griff in die Jackentasche und legte einen Schlüssel neben Robertas Hand. »Ich besitze eine Wohnung in Savona, eine Zugstunde von hier. Morgen früh fährst du mit dem Zug dorthin. Ich komme in ein paar Tagen nach.«

Roberta nahm den Schlüssel und drehte ihn zwischen den Fingern. »Das ist nicht die Insel, die ich mir gewünscht habe.«

Er streichelte kurz über ihre Hand. »Ich weiß. Aber es gibt keinen Weg zurück.« Er schob einen 10.000-Lire-Schein unter das Glas und stand auf.

»Mußt du sofort gehen?« fragte sie, als er einen Arm um sie gelegt hatte.

»Nein. Morgen früh.«

Sie gingen durch ein Viertel, in dem die Menschen, durch die kühler gewordene Luft ins Freie gelockt, vor ihren Häusern standen und sich lautstark unterhielten. Ein Viertel, in dem zwei Männer nicht auffielen, die an einer Hauswand lehnten.

Lubitsch hatte die Umgebung nicht mehr so aufmerksam beobachtet, seitdem er überzeugt war, daß sie nicht verfolgt wurden. Und die Schuldgefühle, die er Roberta gegenüber empfand, minderten seine professionellen Instinkte.

Auch die zwei Männer, die er wohl gesehen hatte, schienen ihm nicht gefährlich. Erst als sie sich von der Hauswand abstießen, wußte Lubitsch, daß er versagt hatte. Was das leise Surren zu bedeuten hatte, erkannte er blitzschnell. Es gelang ihm noch, die linke Hand an den Hals zu legen, bevor sich die Metallschlinge zuzog.

Der Stahl schnitt in die Hand und den Hals. Lubitsch stieß den Mittelfinger seiner rechten Hand dorthin, wo er das Gesicht des Angreifers vermutete. Er hatte Glück. Der Mann jaulte auf und lockerte den Griff. Jetzt schlug Lubitsch mit dem Ellbogen zu und riß sich die Schlinge vom Kopf. Der Mann torkelte über den Gehsteig, eine Hand vor die Augen gepreßt. Lubitsch trat ihm in den Bauch, und der Mann flog auf den Asphalt.

Lubitsch blickte sich um. Roberta saß friedlich gegen die Hauswand gelehnt. Lubitsch stürzte zu ihr. Ihre Augen waren glasig, aber sie lebte noch. Bei jedem Pulsschlag sprudelte das Blut aus der Halsschlagader. Roberta guckte ihn an, als sie umkippte.

Lubitsch schrie. Er schrie nicht wie ein Mensch. Er schrie wie ein Tier, das zu Tode gequält wird. Und alle, die diesen Schrei hörten, versteckten sich in den Häusern.

XX

Die Männer an der Theke betrachteten den Fremden, der an einem der Tischchen am Fenster saß, mit unverhohlenem Mißtrauen. Seit einigen Minuten gab der seltsame Gast den Einheimischen Gesprächsstoff.

»Zwei Stunden sitzt er schon da«, beklagte sich Jean, der Wirt, »und in der ganzen Zeit hat er einen einzigen café crème getrunken.«

»Ein Penner«, entschied ein anderer. »Guckt doch nur mal, wie der aussieht!«

»Aber er ist kein Franzose«, sagte Jean. »Er spricht mit deutschem Akzent.«

»Das deutsche Sozialsystem ist viel besser als das französische«, mischte sich ein dritter ein, »da kann sich sogar ein Penner einen Urlaub an der Atlantikküste leisten.«

Alle lachten und hoben ihre Rotweingläser.

Ein kräftiger Fischer aus Saint-Servan beugte sich über die Theke: »Der Typ verscheucht die Touristen. Soll ich ihn rausschmeißen, Jean?«

Jean schüttelte die rotgefleckten Hängebacken. »Nein, nein, das mache ich selbst. Ich will keinen Krawall in meiner Bar.«

Er schob seinen dicken Bauch durch den schmalen Spalt zwischen Theke und Wand und watschelte auf den Fremden zu. Der Mann guckte aus dem Fenster. Es sah aus, als würde er träumen. Trotz der bulligen Hitze im Lokal hatte er seinen olivfarbenen Parka nicht ausgezogen. Darunter befanden sich ein schmuddeligbrauner Pullover und eine dreckbefleckte Flanellhose. Ein wildwuchernder, von grauen Strähnen durchzogener Bart verdeckte das schmale, zerfurchte Gesicht.

Jean rümpfte die Nase, als er in den Dunstkreis des Fremden trat. »Zahlen, Monsieur?«

Lubitsch guckte ihn an, als wüßte er nicht, wo er sich befand. Dann erinnerte er sich wieder. Er nickte. Ja, ja, zahlen. Er nahm einen großen Schein aus der Tasche und legte ihn auf den Tisch. Sich mit einer Hand am Fenstersims abstützend, stand er auf und schlurfte zur Tür.

»Sie bekommen noch etwas zurück«, rief Jean ihm nach.

Lubitsch schlurfte weiter. Ein kalter Windstoß fauchte in die Bar, als er ins Freie trat. Die Männer an der Theke, die das Schauspiel schweigend verfolgt hatten, brauchten einige Zeit, bis sie ihr Lachen wiedergefunden hatten.

Nach einigen warmen Tagen Anfang Juni waren dicke Wolkenbänke und kalte Winde in die Bretagne zurückgekehrt. Lubitsch stapfte über die Place Chateaubriand zur Burgumwallung, den Remparts. Der Wind fuhr durch seinen geöffneten Parka und den Pullover. Lubitsch mochte das Prickeln, das er auf der Haut spürte. Es riß ihn für kurze Zeit aus seiner Lethargie. Er ging durch die Porte Saint-Thomas auf den Wehrgang und trat an das Gitter.

Ein paar Meter unter ihm lag der gelbe Sandstrand. Fast hörbar näherte sich die Flut. Ein dumpfes Grollen weiter draußen. Eine Touristengruppe beeilte sich, vom Fort National zur Stadt zurückzukommen.

Eine halbe Stunde später hatte sich das Fort National in eine Insel verwandelt. Der Weg, über den die

Touristen gegangen waren, lag unter meterhohen Wassermassen. Lubitsch stand noch immer am Gitter. Er beobachtete die Wellen, die gegen die Burgmauern klatschten. Die Gischt spritzte zu ihm herauf, aber er rührte sich nicht von der Stelle. Er zitterte, weil er naß bis auf die Haut war. Seine Augen füllten sich mit Wasser, weil ihm der Wind ins Gesicht peitschte. Spaziergänger, die vorbeikamen, hielten ihn für einen Mann, der weinte.

Endlich riß er sich los. Er wollte noch nicht zu seinem kleinen Hotel, das in Intra-Muros lag. Dort fiel ihm die Decke auf den Kopf. Er schleppte sich über die Chaussée du Sillon, die am Ärmelkanal entlangführte, und weiter über den Boulevard Hébert. Er mußte sich etwas Neues zum Anziehen kaufen. Die Frau im Hotel hatte schon Andeutungen gemacht, daß er sich eine andere Bleibe suchen solle. Aber es war so anstrengend einzukaufen. Alles war unglaublich anstrengend. Nur zu den Spaziergängen am Strand konnte er sich noch aufraffen. Bis zu der Stelle, wo er das Haus von Riemenschneider sehen konnte.

Ich werde der Frau sagen, daß sie ein paar Sachen für mich einkaufen soll, dachte Lubitsch. Das wird das Einfachste sein. Ich will mir kein neues Hotel suchen. Und ich werde mich rasieren lassen. Bald schon. Vielleicht morgen.

Er hatte versucht, an Lithium zu kommen. Zu Doktor Finkelkötter konnte er natürlich nicht mehr gehen. Aber die Ärzte in Frankreich waren verstockt. Einer hatte ihm etwas aufgeschrieben, das auch nicht annähernd so gut wirkte. Dann hatte er es aufgegeben.

Am Ende vom Boulevard Hébert stand Riemenschneiders Haus. Drei- bis viermal im Jahr kam Riemenschneider zur Erholung nach Saint-Malo. Lubitsch wollte hier auf ihn warten. Weil das Haus am Strand weniger gesichert war als die Villa in Deutschland, und weil Riemenschneider nicht wußte, daß er, Lubitsch, dieses Haus kannte.

Die Dämmerung hatte eingesetzt, und das Meerwasser klatschte auf die Deichpromenade. Lubitsch richtete den Blick nach vorne. Und was er sah, ließ ihn erstarren: Im Haus von Riemenschneider brannte Licht.

Solche Häuser gab es nur in Saint-Malo. Bei Ebbe zog sich das Meer kilometerweit zurück, bei Flut schlugen die Wellen gegen die unteren Stockwerke. Dementsprechend hatte man meerseitig auf Fenster verzichtet, abgesehen von drei kleinen Bullaugen ganz oben. Stadteinwärts umgab das Anwesen eine hohe Mauer mit Stacheldraht und Videokameras. Lubitsch kannte inzwischen jeden Stein in der Mauer. Er hatte sich mehrere Pläne zurechtgelegt, wie er das Sicherheitssystem überwinden wollte, und sie wieder verworfen. Der Haken an der Sache war, daß er für alle Pläne im Vollbesitz seiner Kräfte sein mußte. Und er schätzte sich selbst realistisch ein: Er war ein Wrack, zu schlapp, um über eine Mauer zu klettern, und zu langsam, um den Kugeln der Leibwächter auszuweichen.

Also blieb nur eins: darauf warten, daß Riemenschneider das Haus verließ. Eines Abends würde Riemenschneider sicher mal zu einem Fischrestaurant fahren. Und dann mußte er zur Stelle sein. Sollten sie ihn doch über den Haufen schießen! Was kümmerte es ihn, wenn er das fette Schwein vorher erwischt hatte? Im Gegenteil. Er wäre ihnen sogar dankbar.

Das war sein neuester Plan. Kein besonders guter, aber einer, der den Umständen entsprach. Er würde das Haus von morgens bis abends beobachten. Natürlich durften sie ihn nicht entdecken. Aber er war ja gut getarnt. Er sah nicht aus wie der Mario Lubitsch, den sie kannten, er sah aus wie ein französischer Clochard.

Lubitsch lachte. Ein heiseres, fast tonloses Lachen. Sein letzter Auftrag. Der erste, den er sich selbst erteilt hatte. Tief in seinem Inneren spürte er Befriedigung. Da war ein Rest Energie, den er mobilisieren konnte.

»Herr Lubitsch?« sagte eine Frauenstimme hinter ihm.

Lubitsch machte eine Bewegung, um an seine Pistole zu kommen. Entsetzlich langsam, wie er fand. Dann bohrte sich etwas Hartes in seinen Rücken.

»Lassen Sie das! Ich arbeite nicht für Riemenschneider.«

»Wer sind Sie?« keuchte Lubitsch.

»Ich möchte Sie als Partner gewinnen.«

Lubitsch drehte sich um. Vor ihm stand eine große Frau mit rötlichen Haaren. Sie war kaum älter als Dreißig. Aus dem Ärmel ihres Regencapes ragte eine kleine Pistole.

»Partner für was?«

»Für den Hit, den ich machen soll. Wir haben den gleichen Beruf.«

»Riemenschneider?« fragte Lubitsch.

Sie nickte.

XXI

Sie sagte, ihr derzeitiger Name sei Sabine Weitmer und weitere Fragen hinsichtlich ihrer Identität würde sie nicht beantworten. Dann nahm sie ihn mit in ihr gemietetes Appartement in Paramé. Sie behandelte Lubitsch so, als wäre er ein Patient und sie die Krankenschwester. Und Lubitsch ließ sich die Prozedur gefallen. Er stieg in das Bad, das sie ihm eingefüllt hatte, und er trank die Medizin, die sie ihm reichte. Was konnte ihm schon passieren? Sie hätte ihn am Strand erledigen können. Und da sie es nicht getan hatte, mußte sie etwas anderes mit ihm vorhaben. Das waren seine Gedanken, bevor er in einen tiefen Schlaf fiel.

Als er aufwachte, stand die Sonne hoch am Himmel. Er fühlte sich erstaunlich ausgeruht und – hungrig. Neben dem Bett stand ein Tablett mit frischen Croissants und einer Kanne Kaffee. Er goß Kaffee ein und tunkte ein Croissant in den Kaffee. Der Kaffee war kalt, aber das störte ihn nicht. Er genoß seinen Hunger. Etwas zu essen, ohne Magenschmerzen zu bekommen. Er aß drei Croissants und trank zwei Tassen Kaffee. Er fühlte sich großartig. Dann stand er auf, nahm erneut ein Bad, stutzte seinen Bart mit einer Schere und zog die ladenfrischen Kleidungsstücke an, die auf dem Tisch lagen. Das Hemd war eine Nummer zu klein und die Hose zu weit, doch der Blick in den Spiegel verriet ihm, daß er wieder wie ein zivilisierter Mensch aussah.

Er schaltete den Fernseher ein und wartete. Nach zwei Game-Shows und einer amerikanischen Serie kam Sabine Weitmer. Sie trug ein cremefarbenes Kostüm, hochhackige Schuhe und eine Sonnenbrille. Sie sah aus wie die gelangweilte Ehefrau irgendeines Vorstandsvorsitzenden.

»Hallo! Ich sehe, Sie haben alles gefunden.«

»Vielen Dank«, sagte Lubitsch. »Was haben Sie mir gestern abend gegeben?«

»Irgendwas auf Lithiumbasis. Ich habe eine starke Dosis genommen.«

»Woher wußten Sie, daß ich Lithium brauche?«

Sie ließ sich in einen Sessel fallen, nahm die Sonnenbrille ab und steckte eine Zigarette an. »Jemand hat mir gesagt, daß ich Sie hier finden würde und daß Sie krank sind.«

»Wer?«

Sie inhalierte tief und stieß eine dicke Rauchwolke aus. »Mein Auftraggeber.« Sie lächelte. »Sehen Sie, ich weiß eine Menge über Sie. Sie sind einer der Besten in der Branche. Und Sie können mir helfen, wenn Sie gesund sind.«

Lubitsch verschränkte die Hände hinter dem Kopf. »Ich bin daran gewöhnt, allein zu arbeiten. Ein Partner kann auch eine Behinderung sein. Ich weiß weder, wie gut Sie sind, noch für wen Sie arbeiten. Das sind zwei Risiken auf einmal.«

»Und ich bin eine Frau, wollen Sie das nicht als Risiko Nummer drei anführen?«

»Nein«, sagte Lubitsch entschieden. »Das ist nicht das Problem. Ich weiß, daß Frauen genauso gut sind wie Männer, vor allem in Amerika.«

»Na gut.« Weitmers Stimme wurde hart. »Was Risiko Nummer eins angeht, kann ich Ihnen verraten, daß ich schon einige Hits gemacht habe. Und ich bin körperlich fit, was man von Ihnen nicht behaupten kann. Riemenschneider und seine Leute kennen mich nicht, was ein unschätzbarer Vorteil ist. Sie wären blöd, wenn Sie auf eine solche Hilfe verzichten würden.

Bleibt Risiko Nummer zwei. Der Mann, für den ich arbeite, war der Boß von Pancic. Riemenschneider hat sich auf einen Machtkampf mit ihm eingelassen. Als er merkte, daß er zu hoch gepokert hatte, ließ er Sie fallen. Wir wissen, daß er versucht hat, Sie und Ihre Freundin in Parabiago umzubringen. Was ihm zur Hälfte ja auch gelungen ist. Ich denke, daß Sie alles daran setzen werden, sich an Riemenschneider zu rächen. Glauben Sie bloß nicht, daß ich Sie aus Nächstenliebe am Strand aufgelesen und aufgepäppelt habe. Sie schulden mir etwas.«

Lubitsch überlegte. »Was Sie sagen, klingt logisch. Ich arbeite zwar nicht gern für einen Unbekannten, aber in diesem Fall bleibt mir wohl nichts anderes übrig.«

Sie schauten sich an. Dann mußten beide grinsen.

»Auf gute Zusammenarbeit!« sagte Sabine Weitmer und streckte ihre Hand aus. »Nenn mich Sabine!«

Sie fuhren an der Smaragdküste entlang bis nach Cap Fréhel. An diesem Nachmittag war das Meer türkisfarben und friedlich und die Luft lauwarm. Sie kletterten auf den Leuchtturm und sprachen über belanglose Dinge. Gegen Abend fanden sie ein kleines Restaurant am Meer. Lubitsch bestellte eine Platte mit Meeresfrüchten. Am liebsten hätte er alles bestellt, was auf der Speisekarte stand, nur um von jedem zu kosten. Er konnte sich nicht mehr daran erinnern, wie Rindfleisch schmeckte oder Kaninchen. Aber fürs erste reichten Muscheln, Schnecken, Tintenfische und Krabben.

Als er sich die Finger abgewischt und die zweite Flasche Wein bestellt hatte, sagte er: »Wie gehen wir vor?«

Sabine Weitmer hatte ihren halbvollen Teller beiseite geschoben und eine Zigarette angezündet. »Das größte Problem besteht darin, ins Haus zu kommen. Riemenschneider ist gewarnt. Wir müssen die Wachen überrumpeln. Aber wie?«

Der Kellner brachte die Weinflasche, und Lubitsch nahm einen Schluck. »Früher wäre ich über die Mauer geklettert, aber dafür bin ich inzwischen zu langsam. Und mit dir zusammen...«

Weitmer lachte. »Nein, das ist kein guter Plan. Wir sollten den Vorteil ausnutzen, daß ich eine Frau bin. Eine Frau wirkt ungefährlicher als ein Mann. Ich muß einen Vorwand finden, zu Riemenschneider vorgelassen zu werden.«

»Und ich?« fragte Lubitsch.

»Du lenkst die Wachen ab, während ich ihn beseitige.«

Lubitsch kräuselte die Stirn. »Nein, so läuft das nicht. Ich tue es. Das ist meine Bedingung.«

Weitmer drückte wütend ihre Zigarette aus. »Ich stelle übrigens auch eine Bedingung. Ich will lebend aus der Sache rauskommen. Bei einer Harakiri-Aktion mache ich nicht mit. Dir ist das vielleicht scheißegal, aber ich möchte das Geld, das ich verdiene, noch ausgeben.«

Eine Zeitlang herrschte Schweigen. Dann sagte Lubitsch: »Laß uns gehen! Ich werde müde.«

Auf der Rückfahrt kamen die Nebel zurück, durch die sich Lubitsch wochenlang gekämpft hatte. Er fühlte sich wie in Watte gepackt und verschnürt. Auf der Treppe zu Weitmers Appartement mußte er mehrmals anhalten und nach Luft schnappen. Er kam sich vor wie ein alter Mann. Gierig griff er nach der Medizin, die auf der Anrichte stand.

»Wie lange hast du das schon?« fragte Weitmer.

»Seit ungefähr einem Jahr. Es fing damit an, daß ich nach einem Hit nichts mehr essen konnte.«

»Schlechtes Gewissen?«

»Nein. Als ich einen neuen Auftrag bekam, ging es mir wieder besser. Wenn die Anfälle kommen, bin ich nicht mehr ich selbst. Ich falle in einen anderen Zustand. Hinterher kann ich mich nicht erinnern, wie es war.«

Sie ging zur Anrichte, nahm eine Flasche Cognac und zwei Gläser heraus. »Erzähl mir von dir! Wir hocken die nächste Zeit ständig zusammen. Da ist es wichtig, den anderen zu kennen.«

Lubitsch nippte am Cognacglas. »Ich rede nicht gern und schon gar nicht über mich.«

»Warum?«

Lubitsch lächelte. »Weil es gefährlich ist. Nicht mal meiner Freundin habe ich erzählt, daß ich ein Killer bin. Alles, was du sagst, deine Gewohnheiten, deine Vorlieben, sogar deine Krankheiten können andere auf deine Spur bringen. Und je mehr Legenden du erfindest, desto größer ist die Chance, daß du dich in Widersprüche verwickelst. Deshalb schweige ich lieber.«

Weitmer kippte den Cognac und goß sich nach. »Wir sind beide Killer. Wir brauchen uns nichts vorzumachen. Ich war Prostituierte, genauer gesagt Domina. Ich habe den Männern wehgetan und dafür eine Menge Geld bekommen. Irgendwann hat man mich unter Druck gesetzt, bei einem Kunden den Hahn abzudrehen. Ich wollte nicht, aber die hatten mich in der Hand. Also hab ich's gemacht. Es war nicht weiter schlimm. Und ich fand heraus, daß es lukrativer ist, Männer umzubringen, als sie zu quälen.«

»Macht es dir Spaß?«

»Nein. Genausowenig wie meine Arbeit als Domina.«

»Warum steigst du dann nicht aus?«

»Ich habe ein Ziel. Ich will mir ein Geschäft kaufen, etwas Anständiges, das nichts mit Prostitution und Kriminalität zu tun hat. Ich will ein seriöses Leben führen, in einem schönen Haus, mit Ehemann und Kindern. Noch ein paar Jahre, und ich bin soweit.«

»Ein seriöses Leben«, sagte Lubitsch leise. »Was für eine banale Scheiße!«

»Ach ja!« fauchte Weitmer. »Vielleicht ist es banal. Aber ich möchte nicht so enden wie du. Guck dich doch an! Wie alt bist du? Vierzig? Fünfundvierzig?«

»Vierunddreißig.«

»Vierunddreißig und schon ein Pflegefall. Nennst du das eine gelungene Karriere?«

Lubitsch bleckte die Zähne. »Du wirst so enden wie wir alle, Schätzchen. Mit einem Loch in der Brust und in deiner eigenen Pisse liegend. Das ist die Karriere, die uns offensteht.«

»Tu mir einen Gefallen«, sagte Weitmer und richtete ihre brennende Zigarette auf Lubitsch, »und denk in der nächsten Zeit nicht daran! Wenn Riemenschneider erledigt ist, kannst du von mir aus wieder in Selbstmitleid versinken.«

»Keine Sorge!« sagte Lubitsch. »Ich werde es nicht vermasseln. Darauf kannst du dich verlassen.«

XXII

»Er verläßt sein verdammtes Haus nicht. Er geht nicht angeln, segeln oder essen. Wenn er wenigstens ab und zu eine Hure kommen lassen würde! Ich könnte in dem Puff arbeiten und dafür sorgen, daß ich den Job bekomme.«

Sabine Weitmer hatte ihre Schuhe in die Ecke gedonnert und stapfte barfüßig durch das kleine Appartement.

»Warum sollte er?« sagte Lubitsch. Er lag auf dem Bett und guckte nach draußen. »Unterhalb der Hüfte ist er taub.«

»Es gibt Typen, denen macht es Spaß, anderen dabei zuzugucken. Ich habe mehrere davon gekannt. Alte Säcke, die ihre jungen Frauen nicht mehr befriedigen können. Die behaupten dann, sie wären Videofreaks oder sowas.«

»Riemenschneider ist anders. Wenn er etwas nicht kann, dann wird er sauer. Anderen dabei zuzugucken, wie sie es treiben, wäre ihm ein Greuel.«

»Aber es muß doch einen Weg geben, in das Haus zu kommen! Seit fünf Tagen sitze ich in dem Café an der Ecke und trinke und esse, bis ich Sodbrennen bekomme. Der einzige Fremde, für den sie das Tor aufgemacht haben, war der Friseur.«

Sie guckten sich an.

Die Weitmer klatschte sich vor die Stirn. »Mein Gott, warum bin ich nicht darauf gekommen?«

Lubitsch setzte sich auf. »Egal. Was weißt du über den Friseur?«

»Nichts. Er kam in einem blauen Renault. Auf dem Wagen stand der Schriftzug ›Coiffeur‹. Den Namen habe ich mir nicht gemerkt.«

»In Saint-Malo gibt es sicher nur eine Handvoll Friseure. Du klapperst einfach alle Läden ab, bis du den richtigen gefunden hast.«

»Und dann?« fragte Weitmer.

Lubitsch grinste wölfisch. »Ich habe einen Plan.«

Das Geschäft von Bernard Karnac befand sich in der kleinen Rue d'Estrées in Intra-Muros, der Altstadt von Saint-Malo. Lubitsch war nach Paris gefahren und hatte sich in einem Laden, der CIA- und KGB-Artikel verkaufte, mit den nötigen Utensilien versorgt. Außerdem hatte er einen Kastenwagen erstanden, in dem er die Tage ungestört verbringen konnte.

Es war zwei Uhr nachts. Lubitsch und Weitmer schlenderten wie ein mondsüchtiges Touristenpaar durch die menschenleeren Gassen. Sie gingen langsam, blieben immer wieder stehen. Ein zufälliger Beobachter hätte ihr halblautes Gemurmel und die fahrigen Bewegungen für das Ergebnis von übermäßigem Alkoholkonsum gehalten.

Vor dem Frisiersalon von Karnac stoppten sie erneut. Während Weitmer die Straße beobachtete, machte sich Lubitsch an dem Türschloß zu schaffen. Es war ein einfaches Schloß, und nach einer Minute hatte er es geknackt. Karnac pflegte seine Tageseinnahmen abends mit nach Hause zu nehmen, und deshalb hatte er auf Alarmanlagen und anderen Sicherheitsschnickschnack verzichtet. Einbrecher, die es nach Aftershave und Haarspray gelüstete, gab es zum Glück selten.

Lubitsch blickte sich um. Der Salon war klein. Drei Ledersessel vor einer Spiegelfront, ein verschlissenes Sofa für Kunden, die warten wollten. Hinten links führten drei Treppenstufen zu einem Durchgang, der mit bunten Schnüren verhängt war. Lubitsch schob sich durch den Schnürvorhang und stand mitten in dem winzigen Büro. Ein Regal mit Katalogen und Ordnern, ein Tisch mit zwei dicken Kalendern und einem Telefon. Lubitsch nahm den Hörer von der Gabel, schraubte ihn auf und legte die Wanze in die Hörmuschel. Dann ging er zur Ladentür zurück und öffnete sie einen Spaltbreit.

»Alles okay«, zischte Weitmer.

Als sie ihren Spaziergang fortsetzten, waren kaum zwei Minuten vergangen. Das Ganze war so leicht wie ein Kinderspiel gewesen.

Sie kamen zur Bastion de la Hollande, wo ein Standbild des Seefahrers Jacques Cartier nach Kanada blickte, und taten es ihm gleich. Das Meer wälzte sich grauschwarz an die Küste, auf dem zackigen Gemäuer wehte ein scharfer Wind.

Die Weitmer verknotete ihre Arme vor der Brust und vergrub den Mund im Kragen ihres Pullovers. »Wie oft läßt sich Riemenschneider wohl die Haare schneiden?«

»Er ist eitel«, antwortete Lubitsch. »Ich nehme an, jede Woche.«

»Dann haben wir noch vier Tage bis zum nächsten Friseurbesuch.«

»Ich werde ihn trotzdem ab morgen überwachen. Man kann nie wissen.«

»Und was machen wir, wenn es soweit ist?«

Lubitsch ballte die Fäuste im Parka und redete gegen den Wind. »Ich schnappe Karnac, wenn er in seinen Renault steigen will. Dann bringe ich ihn zu dem Kastenwagen und fessele ihn. Anschließend fahre ich mit dem Renault zu dir, und du setzt dich hinter das Lenkrad. Ich verstecke mich hinten im Wagen.«

»Ich kann kein Französisch. Das wird die Torwächter stutzig machen.«

»Keine Sorge, die können noch weniger Französisch als du. Ich schreibe dir ein paar Sätze auf, die du auswendig lernst. Es wird klappen.«

»Und wenn sie den Wagen durchsuchen?«

»Warum sollten sie? Es ist der Wagen des Friseurs, und am Steuer sitzt eine nette, junge, freundlich lächelnde Frau. Sie werden *dich* anstarren, aber nicht das Auto.«

»Und wie geht's dann weiter?«

»Du parkst vor dem Haus. Einer der Typen wird dich zu Riemenschneider raufbringen. Ich folge euch, sobald sich die Aufregung gelegt hat. Wir fesseln und knebeln alle, die sich im Haus befinden. Und dann...«, er machte eine Handbewegung, »...läßt du mich mit Riemenschneider allein.«

Weitmer zitterte. »Mir ist kalt. Gehn wir nach Hause!«

»Du hast doch nicht etwa Angst?« fragte Lubitsch, als sie auf den Remparts angekommen waren.

»Nein. Obwohl ich noch nie so etwas Gefährliches gemacht habe. Und ich hatte noch nie einen Halbirren als Partner.«

Lubitsch lachte. »Wenn es soweit ist, bin ich voll da. Ich brauche die Gefahr zum Überleben.«

Weitmer schaute ihn von der Seite an. »Willst du wirklich überleben?«

Er zuckte mit den Schultern. »Warum nicht?«

Sie hakte sich bei ihm ein.

Lubitsch lag auf der Seite, als die Bettdecke angehoben wurde.

»Mir ist immer noch kalt«, sagte sie und preßte ihren nackten Körper an seinen Rücken.

Er drehte sich langsam um. »Und was kann ich dagegen tun?«

»Du könntest mich wärmen.« Sie begann, seinen Schlafanzug aufzuknöpfen.

»Ich weiß nicht, ob ich will«, sagte er leise.

»Denk nicht darüber nach!« Sie streichelte seine Brust.

Lubitsch antwortete mit einem Grunzlaut. Langsam tastete seine Hand über ihren Körper. Er fühlte die apfelförmigen Brüste und die aufgerichteten Brustwarzen. Er beugte sich über sie und saugte sich fest. Weitmer stöhnte. Langsam glitt seine Zunge nach unten, spielte zuerst mit dem Bauchnabel, dann mit der feuchtwarmen Spalte.

»Zieh endlich deinen blöden Schlafanzug aus!« sagte Weitmer.

Er kam schnell, und Weitmer gönnte ihm eine Pause. Sie streichelte seine klitschnasse Brust und das abgeschlaffte Glied, bis es wieder steif und fest war. Dann drang Lubitsch noch einmal in sie ein. Sie umfaßte seine Arschbacken und zog ihn an sich.

»Geh nicht weg!« flüsterte sie.

Als sie gemeinsam zum Höhepunkt kamen, kratzten ihre Fingernägel über seinen Rücken.

XXIII

»Die Sache mit Lubitsch liegt mir im Magen. Der Kerl läßt sich nicht abschütteln. Es würde mich nicht wundern, wenn er hier demnächst auftauchte.«

Riemenschneider saß im Rollstuhl an einem opulent gedeckten Frühstückstisch auf der Dachterrasse seines Hauses. Er hatte bereits fünf Toastschnitten vertilgt, und seine Augen wanderten auf der Suche nach neuer Beute von einem gefüllten Teller zum anderen.

»Das glaube ich nicht«, sagte Almstedt. Der Manager hatte seinen Maßanzug mit makellos weißer Segelkleidung vertauscht. Mit sanfter Mißbilligung beobachtete er die Freßorgie seines Chefs. Er selbst hatte sich mit einem Buttertoast und einem Diätjoghurt begnügt. »Lubitsch ist fertig, ausgebrannt. Der hat sich in irgendeinem Loch verkrochen, wenn er nicht in der Klapse gelandet ist.«

»Du kennst ihn nicht so gut wie ich«, sagte Riemenschneider und stopfte sich einen kleinen Pfannkuchen in den Mund. »Lubitsch ist zäh. Mag sein, daß er mit den Nerven am Ende ist. Aber er ist ein Bluthund. Ich werde erst wieder ruhig schlafen, wenn man mir sagt, daß er tot ist.«

Almstedt verscheuchte eine kleine Fliege. »Du machst dir unnötig Sorgen. Und hier in Saint-Malo bist du in absoluter Sicherheit.«

Riemenschneider richtete seine Gabel auf Almstedt. »Wieso redest du nur von mir? Er wird dich genauso hart rannehmen wie mich.«

Almstedts gepflegte Bräune bekam einen leichten Stich ins Rötliche. »Entschuldige bitte! Das war nicht so gemeint. Ich nehme die Angelegenheit nicht auf die leichte Schulter, das kannst du mir glauben. Ich habe alle verfügbaren Kräfte auf Lubitsch angesetzt. Früher oder später kriegen wir ihn, da bin ich sehr zuversichtlich.«

Riemenschneider rülpste. »Weißt du, was mir am meisten stinkt? Die Kiste in Mailand. Lubitsch glaubt doch, daß wir dahinterstecken. Dabei war es Schmidt, dieses Arschloch. Der hat Roberta umbringen lassen, damit sich Lubitsch an mir rächt. Das ist das Mieseste, was ich je erlebt habe. Bah!« Er warf die zerknüllte Serviette auf den Tisch. »Schmidt! Immer wieder Schmidt! Haben wir ihm nicht alles gegeben, was er wollte? Leipzig, Dresden und Chemnitz obendrein. Wir haben den Schwanz eingekniffen, weil die Sizilianer plötzlich auf seiner Seite waren. Was will er denn noch?«

Die Sonne brach durch die dünne Wolkendecke, und Almstedt nahm eine Rayban aus der Hemdtasche. »Das ist die Rezession. Wir sind Teil des Dienstleistungssektors und von der allgemeinen Konjunkturschwäche betroffen. Der Kampf um Marktanteile wird härter.«

Riemenschneider starrte ihn an. »Komm mir nicht mit diesem Quatsch! Glaubst du, ich lese keine Zeitung?«

Almstedt rückte seine Sonnenbrille zurecht. »Konkreter gesagt: Schmidt hat den Sizilianern mehr zu bieten. Er kontrolliert den gesamten norddeutschen Markt, und im Osten hat er uns weitgehend vertrieben. Früher ging's vielleicht darum, wer mit wem am besten konnte, heute zählen allein die Umsätze. Und ich brauche dir ja wohl nicht zu sagen, wie unsere Geschäftsentwicklung in den letzten Monaten aussah. Schmidt will uns den Gnadenstoß versetzen, und uns geht der Arsch auf Grundeis.«

»Verdammt!« Riemenschneider schlug mit der Faust auf den Tisch. »Wo bleibt eigentlich der Friseur? Ich habe doch Tom gesagt, daß er...«

Unten fielen in schneller Folge drei Schüsse.

Riemenschneider wurde bleich. »Was ist da los?«

Almstedt sprang auf und rannte zur Brüstung. Erneut hörte man mehrere Schüsse.

»Sag schon!« brüllte Riemenschneider.

Der Plan hätte fast geklappt. Die Wachen am Tor musterten Sabine Weitmer mehr interessiert als mißtrauisch und ließen sich mit ihrer in französischer und englischer Sprache vorgebrachten Erklärung abspeisen. Einer der muskelbepackten Gorillas lief neben dem Wagen her und machte sich wichtig, indem er ihr einen der überreichlich vorhandenen Parkplätze zuwies. Als Tom die angebliche Friseuse in Empfang genommen hatte, trollte sich der Gorilla wieder zum Tor.

Lubitsch wartete eine Minute, bevor er unter der hinteren Sitzbank des Kombis hervorkroch und die Hecktür öffnete. Niemand zu sehen. Er glitt aus dem Wagen.

»He!«

Lubitsch ließ sich auf den weißen Kies fallen und riß die Halbautomatische hoch. Er konnte nicht erkennen, wo sich der Rufer befand. Den Renault als Deckung nutzend, robbte er Richtung Haustür. Dann fielen die Schüsse.

Die zweite Kugel traf. Lubitsch spürte, wie sie seinen rechten Arm durchschlug. Er schaffte es gerade noch, die Pistole in die linke Hand zu wechseln. Am Mündungsfeuer hatte er die Position seines Angreifers erkannt. Er jagte eine Salve in den Rhododendronstrauch. Dann rannte er zur Haustür und riß sie auf.

Am Tor schrien sie sich gegenseitig an. Lubitsch schloß die Tür und lauschte. Ihm blieben höchstens dreißig Sekunden. Vor ihm lag eine leere weiße Halle mit einer Wendeltreppe. Oben fiel ein Schuß. Er lief die Treppe hinauf. Der Arm schmerzte fürchterlich.

Als er auf dem oberen Treppenabsatz ankam, hatten die Torwächter den Hausflur erreicht. Den ersten traf er in der Stirn, die anderen stürzten wieder nach draußen.

»Hierher!« rief Sabine Weitmer.

Das Blut lief den Arm entlag und tropfte von der Hand auf den Boden. Lubitsch schüttelte die rechte Hand, aber die klebrige Flüssigkeit wollte nicht verschwinden. Er taumelte und fühlte sich plötzlich sehr matt.

»Komm schon!« schrie die Weitmer.

Sie sah ihn vorwurfsvoll an. Tom lag leblos auf den Fliesen der Dachterrasse. Riemenschneider hockte kreidebleich im Rollstuhl.

»Was ist passiert?«

Lubitsch schüttelte den Kopf. »Kein Problem.«

»Kein Problem? Kein Problem?« Sie kreischte. »Und wie sollen wir hier wieder rauskommen?«

Lubitsch setzte sich auf den Stuhl, der neben Riemenschneiders Rollstuhl stand. Die Sitzfläche war noch warm. »Behalt die Tür im Auge! Wir werden gleich Besuch bekommen.«

»Mit Mailand habe ich nichts zu tun«, keuchte Riemenschneider. »Das war ich nicht.«

»Wer denn?« fragte Lubitsch ruhig. Er hatte seine Waffe auf Riemenschneider gerichtet.

»Schmidt. Ich bin ziemlich sicher, daß es Schmidt war, der Mann, für den Pancic gearbeitet hat. Die haben dich absichtlich am Leben gelassen, weil sie wußten, daß du dich an mir rächen würdest. So läuft das.«

Lubitsch drehte den Kopf. »Für wen arbeitest du?«

Weitmer zögerte. »Du glaubst doch nicht etwa diesen Blödsinn! Der Arsch will nur sein Leben retten.«

»Also Schmidt.«

»Ja und? Überleg doch mal! Wer hat dir in Leipzig die Killer auf den Hals gehetzt? Der da.«

Almstedt hatte eine Waffe, die seiner eleganten Erscheinung entsprach. Eine lange, schlanke Pistole, deren Chrom in der Sonne glänzte. Das Blinken verriet ihn. Lubitsch und Almstedt schossen gleichzeitig. Der Manager wurde in der Brust getroffen, Lubitsch im linken Oberschenkel.

Lubitsch stöhnte. Vom Boulevard Hébert hörte man Polizeisirenen.

»Leg ihn um, Kleine!« sagte Riemenschneider. »Das ist deine einzige Chance, heil aus der Geschichte herauszukommen. Ich erzähle der Polizei, daß du für mich arbeitest und daß es Notwehr war.«

Lubitsch hob die linke Hand, in der er noch immer die Pistole hielt. Er zitterte.

»Du arbeitest für Schmidt? Es gibt kein Problem zwischen Schmidt und mir. Ich zieh mich aus dem Geschäft zurück. Ich hab die Schnauze voll. Schmidt wird zufrieden mit dir sein.«

Lubitsch versuchte zu zielen. Der Kugelhagel riß ihn um. Er schmeckte den Tod.

Jürgen Kehrer

Und die Toten läßt man ruhen

Kriminalroman
166 Seiten, kt., DM 14,80
ISBN 3-89425-006-2
4. Auflage

Georg Wilsberg ist Privatdetektiv. Doch da die Detektei nicht einträglich genug ist, um davon leben zu können, betreibt er nebenbei einen Briefmarken- und Münzladen. Wilsberg soll einen Mord aufklären, der 20 Jahre zurückliegt. Allerdings glaubt außer dem Bruder des Toten, Wilsbergs Klienten, niemand an Mord, weder die Witwe noch die Polizei. Wilsberg nimmt den Auftrag trotzdem an, in der Hoffnung auf ein paar hundert leichtverdiente Mark. Schon bald stößt er auf polizeiliche Schlampereien und etliche Ungereimtheiten. Als er dann noch von einem Unbekannten überfallen wird, ist auch er davon überzeugt, daß bei dem Tod des hochangesehenen Münsteraner Bauunternehmers nicht alles mit rechten Dingen zuging.

»Der Autor...versieht seine Geschichte mit allen wesentlichen Elementen der crime-story, die man aus der amerikanischen Tradition seit Hammett und Chandler kennt.« (Westfälische Nachrichten)
»...eine Story vom Feinsten...: garantiert unmoralisch und zynisch, antibürgerlich und unsozial, aber nicht dumpf-gewalttätig, dafür jedoch dramaturgisch perfekt bis aufs i-Tüpfelchen.« (Leo's Magazin)

grafit

Jürgen Kehrer

In alter Freundschaft

Kriminalroman
141 Seiten, kt., DM 14,80
ISBN 3-89425-020-8
3. Auflage

Bei keinem der drei Aufträge, die Privatdetektiv Georg Wilsberg nahezu gleichzeitig erhält, kann er brillieren. Ob es sich um die nach Holland ausgerissene minderjährige Bürgerstochter Tanja, die verschwundene Ines, Georgs große Liebe von einst, oder um den bestohlenen Disko-Chef Carlo Ponti, einen alten Freund, handelt: der nunmehrige Second-Hand-Kaufhausbesitzer kriegt reichlich was auf die Rübe, körperlich wie mental. Tröstlich für Georg, daß wenigstens Hauptkommissar Klaus Stürzenbecher ihn nur vorübergehend für den Mörder hält.

»*Wilsberg ist kein typischer tough guy, sondern eher ein Münsteraner Verlierer... Mit seinen Mucken und Hautschuppen erobert er das Leserherz. Gerade auch, weil er im Verlauf der ersten beiden Wilsberg-Krimis an Format und Facetten gewonnen hat.*«
(Manfred Grieger, Stadtblatt Münster)

»*Vielmehr lebt der Roman aus der gelungenen Charakterdarstellung seines Protagonisten, einer zeitgemäßen ironisierten Adaption der klassischen amerikanischen Vorbilder.*« (MARABO)

grafit

Jürgen Kehrer

Gottesgemüse

Kriminalroman
141 Seiten, kt., DM 14,80
ISBN 3-89425-026-7
2. Auflage

Eines Tages ist Professor Kunstmann, ein angesehener Astrophysiker, verschwunden. Hält er sich wirklich bei einem Trainingskurs der "Kirche für Angewandte Philosophie" in England auf? Georg Wilsberg muß sich bei der Suche nach dem Wissenschaftler auf den Psychoterror einer fanatischen Sekte einlassen.

»In seinem 3. Regionalkrimi läßt Kehrer seinen von Neurodermitis geplagten Privatdetektiv… endgültig zum tragikomischen Antihelden werden…« (ekz-Informationsdienst)

»So locker-flockig, wie die Wilsberg-Krimis daherkommen, eignen sie sich gut als Krimi-Happen zwischendurch.« (Südwest Presse)

»Wenn Mister Leo bereits in 'Und die Toten läßt man ruhen' die zynischen Züge rühmt, müßte er für den neuen Kehrer eine neue Vokabel erfinden.« (Stadtblatt Münster)

grafit

Birgit Grosz (Hrsg.)

Von ABG bis ZZ

Autokennzeichen erzählen
Von Rügen bis zum Erzgebirge
2. Auflage, 144 S., kt., DM 14,80
mit 180 Stadt- und Kreiswappen
ISBN 3-89425-103-4

Welche Städte und Kreise verbergen sich hinter den ungewohnten Autokennzeichen von ABG bis ZZ? Landkreise und Städte in den neuen Bundesländern von Altenburg bis Zeitz werden mit geographisch-historischen Daten und Hauptsehenswürdigkeiten charakterisiert.

»Endlich hat das Rätselraten um die neuen Kennzeichen ein Ende.«
(Hessischer Rundfunk)

»Ob als vorbereitende Reiselektüre oder als Zeitvertreib im Stau - ... jetzt die Auflösung der bisher unbekannten Kürzel auf den Autokennzeichen aus den östlichen Bundesländern.«
(Norddeutscher Rundfunk)

g|r|a|f|i|t

rte/Silvia Gregarek

EN SPIELE

n Tisch- und Brettspiele
en, mit zahlreichen
Abbildungen, DM 14,80
ISBN 3-89425-250-2

Spiele machen Spaß. Gute Tisch- und Brettspiele sind eine feine Sache für jung und alt, für Familien und Gruppen, für Feten und Freizeiten. Aber wie kann man sich angesichts des schillernden Angebots im Spiele-Dschungel überhaupt noch zurechtfinden? Dieser Ratgeber hilft, die Spreu vom Weizen zu trennen. Prof. Dr. Rainer Korte und Dipl. Soz. Päd. Silvia Gregarek stellen hier die 77 besten und bewährtesten Tisch- und Brettspiele der letzten Jahre ausführlich vor. Dank ihrer Tätigkeit an der Fachhochschule konnten die Autoren in völliger Unabhängigkeit von den Interessen der Spiele-Hersteller ihr sachkundiges Urteil abgeben. Die Bewertung ist detailliert und für jeden Spieler nachvollziehbar.

AKIS
ENPLANET

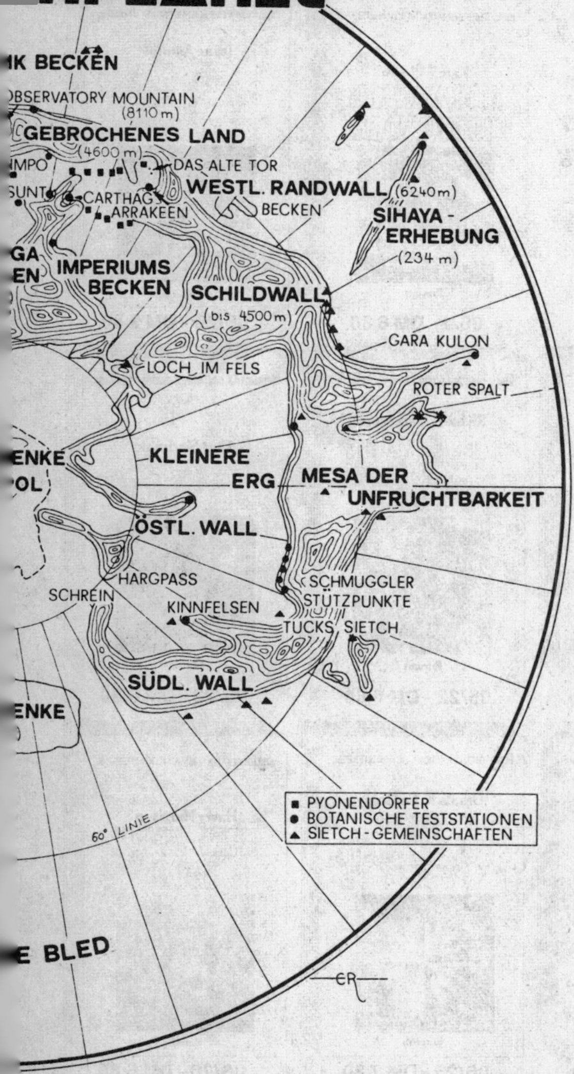